KB070701

# 갈릴리
# 편지 —— *Galilee letters*

글쓴이 · 조길원

제가 아는 아버지는 일생을 간절히 두 가지를 꿈꾸셨습니다. 하나는 자유로이 세상 끝까지 가고 싶어 하셨고 또 하나는 끝없이 이야기를 전하고 싶어 하셨습니다. 손부터 시작해서 온몸이 굳어 가는 중에서도, 결국 병상에 누워 걷지도 말하지도 못하는 상황이 되어서도 아버지는, 이 두 가지를 간절히 바라셨습니다. 아마도 기억되고 싶으셨던 것 같습니다. 그때 이 책을 냈어야 하는 건데… 굳어서 펴지지 않는 손 안에 이 책을 안겨드리지 못한 것은 제 평생의 후회로 남겠지요.

　그래도 읽는 분들의 가슴이 세상 끝이 되어 아버지가 닿을 수 있다면, 그래도 다시는 들을 수 없는 아버지의 목소리가 이 책을 빌려 여러분의 귀에 닿을 수 있다면, 조금은 저의 후회가 잦아들 것 같습니다.

　기억해 주세요. 가장 유능한 아버지는 아니셨을지라도, 가장 사랑이 많은 아버지 조길원. 영덕 대탄을 갈릴리라 칭하고 그곳에서 매주 하나님과 사람에게 편지를 띄우던 전도사 조길원. 그리고 이 책을 읽고 있는 분들 각자의 의미였을 조길원. 그 사람과 그 사람의 이야기를.

# 처음 편지

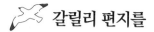 갈릴리 편지를

갈릴리야! 갈릴리, 아름다운 갈릴리
호숫가를 거닐던 예수님의 그 모습
마음속에 그릴 때 보고 싶은 갈릴리
갈릴리야, 갈릴리. 그리운 너! 갈릴리!

여기 아름다운 꿈을 모아 갈릴리 편지를 띄웁니다.
예수님의 오심을 기다리는 계절에 어린이들의 순수하고 깨끗한 마음을 모아 하나님께 편지를 보냅니다.
하나님의 나라가 이 땅에 이루어지기를 원하는 마음으로 세상을 향해 편지를 보냅니다.
우리 어린이들 모두의 가슴 속에 사랑의 답장으로 찾아오실 것입니다.

96.12.
성탄 아침
교육부장 조길원 장로

# 🕊 생의 길목에서

내 것만 챙기고 살아온 인생
채워도 빈자리만 남고
땅만 바라보며 지나온 세월
가지면 가질수록 갈증만 심하네

허겁지겁 살아온 인생
왜 그리 바쁜지

지나온 발자국 뒤돌아보니
한 줌의 흙으로 남을 육신
묻힐 곳 찾느라 땅만 보고 왔네

바람 부는 생의 길목에서 허리를 펴니
하늘에는 하나님이 계시고 내 곁엔 사랑해야 할 이웃들이 있네

무거운 짐 내려놓고 하나님 앞에 서는 날
착하고 충성된 종이라 인정받고 싶네.

98.06.22.
오후

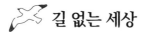# 길 없는 세상

오늘도 길 없는 세상을 산다
빙벽과 암벽에 몸을 비벼대며
길을 여는 등산가처럼……

오늘도 길 없는 길을 간다
수 없는 발자국을 파도가 앗아가고
텅 빈 바닷가 모래사장에 발자국을 남기듯이

지나온 길이 원해서 온 길이 아니었듯이
내일의 길도 예측 못 하니, 어쩜 난
길 없는 세상을 사는지도 모른다.

98.07.28.

귀로

어드뫼 떠돌다 온 바람인가
하늘은 구름을 등에 업고
마로니에 무성한 거리를 서성인다

한 줌 흙 뭉게구름에 얹혀
어드뫼 떠돌다가 이제사 왔는가
일몰의 햇살은 구름 꿰뚫고
마지막 남은 불을 지피는데
9월의 거리엔 설익은 단풍잎만 나뒹구네

누굴 찾아왔는가
낯선 거리에 늘어서서
따로이 서 있으면서도 어깨를 기댄 채
제 몸에 욕심 한 꺼풀씩 벗어 던지고

지나온 먼 길 되돌아보니
바람결에 하나둘씩 떨어지는 낙엽 소리
바스락바스락 밟고 가는 고향길.

당신

있는 듯 없는 듯
언제나 그 자리 거기에
한없이 약해 보이면서도
꿋꿋이 살아가는 모습은
당신은 진정 내 큰 의지입니다

내가 당신의 이웃이 된 것도
당신 또한 내 친구가 된 것도
내 삶의 큰 복입니다.

#  바다

날씨 따라 수시로 변하는 바다
검푸른 파도의 성난 바다
옥색의 잔잔한 평화로운 바다

나의 쓸모없는 모든 것들은 다 너에게 주고
너는 가장 중요한 것을 모두 나에게 주었다

주는 것도 받는 것도 모두 아름다운 것은
세상에 추한 모든 것들이
네게로 가서 바다가 되는
너의 큰 가슴 때문이랴!

비야

비야, 비야, 내려라
사정없이 내려라
더러운 것 냄새나는 것 모두 모두 씻어라

미워하는 마음 질투하는 마음
상처받은 영혼 병든 육신
세상사 근심 걱정 모두 모두 씻어라.

99.06.

설악산에서

 첫사랑

가슴에 묻어 두었던 첫사랑
삼십 년 세월을 주름잡아 그녀를 만났더니
흘러간 시간의 흔적이 골 깊은 물살로 흐르고

그때는 그녀를 생각만 해도 가슴 설레며
수많은 밤을 잠 못 이루면서도
용기 없어 마음 한번 못 보여 줬는데
그도 날 좋아했다니

산다는 것은 아는 사람 몇 사람 만나
정 나누다 가는 것인데
육십을 눈앞에 둔 지금에 와서 보니
그리움이 정으로 변하고…

그와의 사랑은 미완으로 남아
첫사랑의 추억으로
영원히 간직하고 싶구나.

## 들꽃 피는 언덕에서

바람 소리 새 소리 자연의 소리
아무도 찾는 이 없는 쓸쓸한 언덕에
소리에 놀라 화들짝 들꽃이 되네.

99.02.20.
대구 팔공산 계곡에서

# 오늘

어제는 지나갔으니 나의 날이 아니고
내일은 오지 않았으니 더욱 내 날이 아니요
오늘 지금 이 시간이 내 것일 뿐이라

어제를 돌아보고 반성하는 것도
내일의 미래를 설계하는 것도 오늘이니
오직 내겐 오늘 이 시간뿐일세

내 생명이 언제 끝날지 모르니…….

# 거기 너 있었는가 그때

거기 너 있었는가 그때
직장을 잃고
방황하는 아버지들 속에
거기 너 있었는가 그때

회사가 부도나서
먹고살 길이 아득한 이웃 속에
집이 있어도 들어가지 못하고
거리에 노숙하는 무리 속에
거기 너 있었는가 그때

가족과 동반 자살을 결심하여
몇 날 밤을 잠 못 이루고
괴로워했던 이웃 속에
거기 너 있었는가 그때

나의 일 아니라고
내 가족 문제 아니라고
구경꾼 무리 속에
내 모습 발견하고
나는 얼굴을 들 수 없었다네

사순절 마지막 주간을 보내면서
나의 죄를 사하기 위해 십자가를 지시고
하나님이여, 하나님이여
어찌 나를 버리시나이까
절규하시는 주님의 음성이
현실의 아픔을 절규하는
이웃의 음성으로
내게 들려지는 건
어인 일인가.

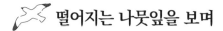 ## 떨어지는 나뭇잎을 보며

한 잎 두 잎 설익은 나뭇잎이 떨어진다
지난여름 모진 비바람에 독야청청하더니
계절의 변화에는 어쩔 수 없나 보다

언젠가 나도 저 나뭇잎처럼 떨어지겠지
지나온 세월 희로애락 뒤로 남긴 채
"하나님 감사합니다"
그 한마디 남기고
내 영혼 영원히 안식하고 싶다.


98.10.12.

#  가을이 오면

가을이 오면
내 마음이 왠지 허전하고
가을이 되면
내 가슴은 한없이 공허하다
가을에는 어딘가 정처 없이 떠나고 싶고
그리고 누군가를 미치도록 사랑하고 싶다

가을이 되면 이토록 가슴이 시린 것은
인생의 겨울을 준비하지 못했기 때문인가?

98.10.21.

오후

## 🕊 쑥부쟁이 웃음 피듯이

세상만사 저 잘났다고 으스대더니
하늘 한번 무너지고

쏟아지는 빗속에 잃어버린 삶
빗속으로 침전하는 소리소리들
하늘은 듣는가

참혹한 폐허의 땅에도
언제 피었는지 쑥부쟁이 맑은 웃음
햇살 고운 내일이 성큼 오고…….

# 우리 가정

아버지가 실직하고 집을 떠나 방황하고
어머니는 모성애를 버리고 유리하며
자녀들이 세상 악에 오염되어 가치관이 상실되어
가정이란 배는 침몰 직전에 있네

태초에 하나님이 천지를 창조하시고
자기 형상대로 만드신 인간에게 복 주시기를 원하사
번성하라, 충만하라, 정복하라, 다스리라

인간의 욕심으로 하나님의 형상을 잃어버렸고
정욕의 부산물인 오염으로 자연은 죽어 가고
복 주신 가정은 무너져 가고 있네

우리 모두 항아리를 깨뜨려 보세
자아의 항아리를 깨뜨리고
정욕의 항아리를 깨뜨리고
섬기러 오신 주님을 본받아
우리 가정을 에덴동산으로 만들어 보세.

98.06.05.

# 봄의 소리

세찬 서릿바람
몰래
사립문 밀고
찾아온 손님
마누라들 가슴 콩당콩당 뛰게 하면
우리도 덩달아 回春하려나…….

**여정**

불확실한 시대를 살아가는 우리
믿음으로 순종하며 오늘을 살면
주님께서 선한 길을 인도하시리

몇 초 후에 일어날 일도 알지 못하나
하루하루 순간순간
주님께서 인도하는 대로 살아가리

사람들은 좁은 길 아니 가려 하지만
그 길이 비록 좁고 험할지라도
여정의 끝에는 아름다운 성이 예비되어 있네.

98.09.07.

# 영원의 관점에서

영원의 관점에서 오늘을 보자
모든 사물을 하나님의 관점에서 보자
부활의 관점에서 보고
구원의 안목에서 보자

용서 못 할 것도 없고 성질을 부려야 할 이유도 없다
10년 후면 흔적도 없이 사라져 버릴 사람들인데
오늘도 죽자 살자 아웅다웅 다투고
할퀴고 상처 주고 못난 죄인들.

산

수많은 세월을 지나면서
눈, 비, 바람 온갖 풍상 겪으면서도
언제나 그 자리 거기에
등산객들의 발자욱 따라
삶의 파편들은 수놓아지고
산은 오늘도 말이 없으나
민초들의 애증과 낙엽들을
산자락 가득히 포용해 주며
바람 따라 구르는 저 낙엽 소리가
하나님 찬양하는 천사의 노래로
내 영혼 깊은 곳을 요동치게 하네.

99.01.29.
보경사 문수봉을 오르면서

**광야길**

우리는 광야길 가는 나그네
애굽을 떠나 온 지 이미 오래지만
아직도 애굽 생활 그리워하네
우리는 오늘도 광야길 가네
광야에서 불평하고 원망하다가
불뱀에게 물리고 땅에 삼킨 바 되었네

광야 생활 피곤하고 지칠지라도
요단 저편 가나안이 있으니
안식의 땅 복지가 기다리고 있으니.

98.12.06.

# 🕊 가을비

비가 내린다
가을비가 추적추적 내린다

내 마음속에 비가 내린다
겨울을 준비하는 서글픈 비가 되어
내 가슴속을 추적추적 적신다.

98.10.12.

비 오는 날 오후

# 꺾지 않음으로

꺾지 않으므로 생명이 있고 생명이 있으므로 아름답고
아름답기에 소유하고 싶지만 갖고 싶은 욕망 접은 채
언제나 네 곁에 있고 싶구나
한곳에 머무르지 못하는 너의 독선 때문에
항상 새로운 것을 추구하지만
언제나 상처만 안은 채 방황하는 너의 삶의 언저리에
남아 있는 난! 어쩜 숙명인지도 모르지.

99.02.04.

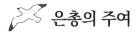 **은총의 주여**

당신의 무조건적인 선택으로
하잘것없는 나를 오늘 여기에

그 증표로 나에게 힘을 주십시오
마음껏 일할 수 있게 말입니다

기적이 상식이 되는 사람, 하늘의 속한 사람입니다
육체의 한계를 뛰어넘는 사람 진정으로 당신의 사람입니다.

## 겨울이 오기 전에

짓궂은 날씨가 가을을 날려 보내려는 듯 앙탈을 부리는데 간혹 내리는 비바람 사이로 파도 소리 을씨년스럽게 들린다. 새벽기도를 가야 하는데 벼르기를 몇 날, 고장 난 괘종시계만을 탓했는데 오늘은 용케도 4시 30분에 잠이 깼다.

요사이 출판사 일로 부쩍 힘들어하는 아내를 깨워 새벽길 함께 나섰더니 김○한 집사 아들 형○가 어젯밤 교통사고로 죽었다네. 30살밖에 안 된 외아들인데 네가 죽으면 아버지, 어머니는 어이 살라고! 갓 결혼한 사랑하는 아내와 배 속에 든 아기는 어떡하라고 네가 죽다니. 하나님, 이 어쩐 일입니까?

아! 가슴이 답답하다. 우리가 세상에 올 때는 순서가 있지만 갈 때는 차례가 없다고 누가 말했던가? 추운 겨울이 오기 전에 외투를 가져오라고 부탁했던 사도 바울처럼 나도 겨울을 준비해야겠다.

93.11.01.
인생의 겨울이 오기 전에
새벽기도를 다녀와서

# 다 하나님 앞에 있나이다

성경에는 베드로를 위시해서 많은 제자의 신앙 고백이 있다. 그중에서 나는 사도행전 10:33에 있는 "이제 우리는 주께서 명한 모든 것을 듣고자 하여 다 하나님 앞에 있나이다."라는 이탈리아 군대 백부장인 고넬로의 고백을 좋아한다. 사도행전 10:22를 보면 고넬로는 경건하여 온 집으로 더불어 하나님을 경외하고 백성을 많이 구제하고 하나님께 항상 기도하였으므로 하나님께서 기억하여 베드로를 고넬로의 집에 보냈으며, 주님의 종 베드로를 영접한 환영 인사가 본문 내용이다.

"다 하나님 앞에 있나이다."

이 얼마나 멋진 고백인가? 우리 그리스도인들은 갈라디아서 2:20의 말씀처럼 내가 그리스도와 함께 십자가에 못 박혔나니 그런즉 이제는 내가 산 것이 아니요, 내 안에 그리스도께서 사신 것이다. 이제 내가 육체 가운데 사는 것은 나를 사랑하사 나를 위하여 자기 몸을 버리사 하나님을 믿는 믿음 안에서 살아야 하는데 그러나 세상을 살다 보면 주님을 믿는 믿음이 내 삶을 주관하기보다는 나 자신의 육체의 정욕이 나를 지배하여 하나님의 영광을 가릴 때가 너무나 많음을 고백하지 않을 수 없다.

국가적으로 어려운 이 난국에 그리스도인들이 이 뜻깊은 사순절 기간에 구속의 십자가를 바라보며 "우리 모두 하나님 앞에 있나이다." 하는 고백이 나를 비롯한 이 글을 읽는 우리 모두의 신앙 고백이었으면 하고 소망해 본다.

# 감방

    내가 어릴 때 자라던 고향은 전형적인 농촌 마을로, 앞 냇가에는 시냇물이 흐르고 마을 뒤에는 나지막한 야산이 있고, 산 허리춤으로 큰 과수원이 있어 다른 동네 사람들이 우리 마을을 '과수원 마을'이라 부르기도 했다.

    초등학교 4학년 때인 것 같다. 학교를 다녀와서 점심을 먹고 친구와 함께 참나무 찌께 벌레를 잡으러 뒷산으로 갔다. 과수원이 있는 뒷산에 올라 찌께를 잡는데, 친구가 두 마리나 잡는 동안 나는 한 마리도 잡지 못했다. 풀이 죽어 산에서 내려오는데 옆에서 콧노래로 개선가를 부르던(내 귀에는 그렇게 들렸다) 친구가 갑자기 발을 멈추고 다정히 내 이름을 부르는 것이다. 그러더니 속이 상한 내가 흘끔 쳐다보니 나에게 찌께 한 마리 주겠다는 것이다. 좋아서 눈을 크게 뜨고 쳐다봤더니 조건이 있단다. 그때 마침 과수원은 풋사과가 익어갈 계절이었다. 친구는 저 개구멍으로 들어가서 사과 두 개를 주워 오면 하나씩 나눠 먹고, 찌께도 한 마리씩 나눠 갖자고 했다.

    겁이 나고 양심도 찔렸지만 찌께를 한 마리 얻을 요량으로 친구는 망을 보고 나는 개구멍으로 과수원에 들어갔다. 떨어진 사과를 막 주워 오려는 순간, 누가 내 목덜미를 잡아챘다. 그는 과수원에서 일하는 충직한 일꾼이었다. 키는 2m 정도 되는 듯했고, 인상이 얼마나 무서웠던지 나는 고양이에게 물린 쥐처럼 발발 떨고 있었다.

    망을 보던 친구는 도망간 지 오래였다. 나는 자초지종을 이야기하고 통사정을 했지만 소용이 없었고, 결국 잡혀가서 사과 창고에 갇히고 말았다. 내가 갇힌 곳의 안에는 사과 보관 창고가 있었고 그사이에는 곁문이 있었다. 공간이 얼마나 좁았던지 작은 내 몸도 마음대로 움직일 수가 없었을뿐더러, 바깥 잠금쇠가 얼마나 컸던지 지금도 기억이 생생하다.

    결국, 몇 시간 후에 어머니께서 와서 다시는 이런 일이 없도록 하겠다는 각서를 쓰고 나서야 그 감방에서 풀려났지만, 지금도 그때를 생각하면 가슴이 답답하다.

# 🕊 모도[1]야!

초등학교 5학년 때인 것 같다. 그때 당시에는 비료가 없어 농사도 물론 잘 안되었지만, 그나마도 추수해 놓으면 쥐들이 너무 많아 애써 지은 농작물을 쥐에게 도둑맞기 일쑤였다. 그렇기에 학교에서는 쥐 꼬리를 가지고 오도록 하는 것이 문교부 정책 중 하나였다.

그날도 학교를 다녀와서 점심을 먹고 창대라는 친구와 함께 쥐를 잡으러 들로 나갔다. 마침 가을이라서 동네 앞 냇가 둑에 나락가래를 쌓아 놓아서 그 아래로 쥐구멍이 많이 있었다. 친구와 나는 쥐를 잡을 요량으로 평소 쥐 잡기에 흔히 쓰던 방법대로 쥐구멍에 고추를 주워 넣고, 검불을 주워다가 불을 질렀다. 그렇게 하면 그 안에 있던 쥐들이 매운 고추 향에 뛰쳐나오는데, 그때를 잘 잡아서 쫓아가 발로 쥐를 잡는 것이다.

그날도 쥐구멍 앞에 불을 붙여 놓고 쥐가 구멍에서 나오기를 기다리는데, 가을바람을 타고 순식간에 불이 언덕 위 나락가래로 옮겨붙은 것이다.

당황한 나머지 친구와 나는 웃통을 벗어 불이 붙은 나락 단을 두들겼지만 불은 이미 더 세차게 번져 나락가래 전체가 불바다가 되었다. 불을 본 동네 사람들은 몰려오고 겁이 난 친구와 나는 건너편 산으로 도망치기 시작했다. 왜 그리 달음박질이 더디던지 달려도 달려도 제자리인 것 같고, 언덕을 넘어 뽕나무밭을 막 지나는데 "모도야, 모도야!" 부르는 어머니의 음성이 들렸다. 힐끔 뒤를 돌아보니 작은 체구에 어디

---

1 ) 일제 말기에 이름과 성을 일본식으로 바꾸도록 강요당했다. 내 일본 이름이 '요시 모도'였다

서 그런 소리가 나오시는지 나를 부르시는 어머니의 소리는 온 지구를 꽉 채우고도 남을 소리로 내 양심을 후려쳤다.

"모도야! 모도야! 내 죽는 꼴 볼래!"

결국, 쥐를 잡기 위한 불장난으로 애써 농사지은 과수원집 나락가래는 순식간에 튀밥장으로 변했고, 그 일 이후로 친구들은 나를 보면 "모도야! 내 죽는 꼴 볼래!"하면서 놀려대고는 한다. 비록 어머니는 하늘나라로 가시고 이 땅에 계시지 않지만, 어머니가 보고 싶을 때면 자식을 향한 어머니의 애끓는 음성으로 "모도야, 모도야." 내 가슴에 들려오곤 한다.

# 해가 바뀌는 길목에서

에벤에셀의 여호와여! 한 해가 가고 또, 한 해가 다가옵니다. 길목에서 자신의 모습이 왜 이리 나약하게 느껴지는지 그 이유가 무엇인지요? 뒤돌아보니 연초에 주님 앞에서 원한다고 고백했던 모든 일 중에서 속 시원하게 행해진 것이 하나도 없기 때문인 것 같습니다.

주님! 한 해만 참아 주십시오. 더 깊이 파고 거름을 주겠습니다. 타작마당에서 광풍에 날리는 쭉정이처럼 빈 껍데기 같은 인생! 나약한 모습으로는 아무것도 할 수 없음을 깨달았습니다. 주여, 용서하여 주옵소서. 육신은 병들었고, 영혼은 곤하여 갈급하나이다. 치유의 손길로 어루만져 주옵소서.

병든 육신을 고쳐 주시고 갈급한 영혼 성령의 생명수로 충만하게 하옵소서. 육신은 비록 이 땅에 발을 딛고 살아가고 있지만, 우리 영의 사람은 하늘나라를 체험하며 살고 싶습니다. 우리의 자녀도, 일터도, 생명까지도 하나님께서 간섭하여 주시옵소서. 비록 창고에 곡식이 쌓여 있지 않아도, 외양간에 소의 울음소리가 들리지 않더라도 여호와 하나님이 나의 하나님이 되시기에 그분 한 분만으로 만족하며 살게 하소서. 주님께서 십자가 앞에서 "다 이루었다." 하신 것처럼 지금은 삶이 고달프더라도 영생의 약속을 믿고 주님의 뜻 이루기 위한 징검다리가 되게 하소서.

*94년 마지막에*

파도

새해 새벽녘
해돋이는 어딜 가고 파도가 물보라만
물 언덕 쌓고 또 무너지고
철 석. 철석 처 얼 석--
새날을 깨운다

피우고 지고 또 피고 지는
당신 향한 열꽃이
의미 없이 천만 번 거품 되고
끝없는 메아리가 될지라도
당신의 꽃으로 살고 싶어

나는 언제쯤에야
너처럼 나쁜 것 받고서 좋은 것 주는
큰 가슴이 될 수 있으려나!

문예 아카데미 제기생

현 대탄갈릴리교회 담임 교역자, 조길원

# 밤바다

야심한 시간에
어디선가 들려오는 색소폰 소리가
세월을 깨우고
모래사장 한 켠의 간이 무대에서
중년의 신사가 불어대는 색소폰
운율이 자리를 잡지 못해 허둥거린다
"지금 그 사람 이름은 잊었지만
사랑은 가고 과거는 남는 것"
알 듯 말 듯한 노랫말이 추억을 부르고
끊어질 듯 이어지는 색소폰의 숨 고르기가
깊어가는 밤을 깨울 때
안개 사이로 졸린 눈 비비며
내려다보는 달무리 속에
연주자도 구경꾼도 모두들 백사장을 지나
세월과 함께 밤바다에 잠긴다
색소폰 소리 안개 속에 퍼지는 회상.

05.06.19.
저녁 11시
독도사랑회에서 색소폰 연주 100회 공연을 목표로
비 오는 날을 제외하고 매일 밤 11시에
북부 해수욕장에서 연주하고 있다

# 친구야 1

반백의 머리가 세월에 무상함을 느끼게 하는구나. 가을 운동회를 한다고 뒹굴던 오산국민학교 운동장이 눈에 선한데 우리가 벌써 할아버지 할머니 소리를 듣게 되었구나.

하나둘 우리 곁을 떠나는 친구들이 있는가 하면 어려운 투병 생활을 하는 동기들도 있구나. 와중에 우리가 다니던 국민학교가 분교로 바뀐다니 왠지 쓸쓸하고 허전한 마음 금할 길 없구나. 이 가을이 지나면 저울이 오듯이…… 우리네 삶도 시간의 차이는 있어도 언젠가는 모두 이 세상을 떠나겠지?

숨 가쁘게 살아온 세상! 이제 좀 쉬어 가자. 뒤도 돌아보고, 친구들도 찾고 말이다. 연락 좀 하고 지내자. 여기 지난 정기총회 결과를 동봉한다. 참고로 하고 친구들의 유고가 있으면 회장이나 총무에게 꼭 연락해다오. 특히 건강 조심하고.

95.09.30.

회장 조길원 드림

# 🕊 친구야 2

삶이란 태어나서 수많은 사람 중에 몇 사람 만나 인사 정도 나누다 가는 것인데, 자주 만나야 정도 들고 자주 만나야 사랑도 하지.

해가 바뀌는 길목에서 지나온 세월 뒤돌아보니 무엇 하나 성취해 놓은 것 없는 것 같아 허전한 마음 금할 길 없구나. 허나 어린 시절 돌이켜보면 어깨에 책보 질끈 동여매고 검은 고무신 신고 쑥죽을 먹으면서 모두가 지지리도 못살았지만 그래도 꿈들은 컸었는데, 벌써 육십을 눈앞에 두고 있으니 세월의 무상함을 탓하며 이제 꿈들을 접을 때가 되었구나.

친구야! 20세기가 지는 석양길에 마침 동해 울릉도에서 20세기 마지막 해인 99년도 첫날 해 뜨는 광경을 함께 볼 기회가 생겨 얼마나 다행인지 모른다. 포항에 산다는 죄로 명에 의해 주선했더니 20여 명의 회원이 참석할 수 있다고 해서 정말 기쁘다.

여행 일정과 계약서, 참석자(신청) 명단을 동봉하니 참고하고, 궁금한 것이 있으면 조길원(포항 056-244-4298)에게 연락해라. 승선 당일 모이기로 한 시간에 유의하고 언제 포항에 올지 지역 책임자(서울: 승○, 예천: 인○, 대구: 선○)에게 사전 연락해다오. 신청한 회원 전원 참석할 수 있도록 하고, 만나는 날까지 건강 조심하거라.

98.12.05.

포항에서 조길원

## 96 가을에(아내에게 쓰는 편지)

　내일을 기약할 수 없는 상황 속에 안동병원 병실 창가에 비치던 단풍 져 가던 용산 앞산 가을 풍경이 엊그제 가운데 벌써 3년이란 세월이 흘렀구료! 당신을 만난 지 27년, 지나온 세월 돌이켜보면 미안한 것뿐! 그저 자랑할 만한 것은 아들 둘, 딸 하나를 만들어 준 것밖에! (같이 만들었다고 하면 할 말 없지만 하, 하, 하!)

　나 같이 결단력 없고 능력도 없는 무능한 남편 만나 무척 힘든 세월 보내었지? 신혼 시절 가난에 찌든 가정을 구하고자 자전거 뒤에 타고 공장에 다니던 일, 대욱이 가져 만삭인 몸으로 원대 채소 시장 앞에서 찐빵 장사하다가 어머니 때문에 손찌검한 일 두고두고 죄송스러운 마음 금할 길 없다오.

　이대로는 안 되겠다 싶어 새로운 돌파구를 열고자 집을 뛰쳐나가 반야월에 양품점을 차린 당신! 당신은 언제나 나를 이끌었고 나는 당신의 개척 정신에 믿음을 가졌다오. 직장 이동 관계로 낯설고 거친 포항 땅에 정착했지만, 포항고등학교 수위실 좁은 단칸방을 안식처로 현실을 불평하기보다는 쓰레기장에서 휴지를 줍고, 뻥튀기 보자기 장사를 시작으로 과자를 태산같이 손수레에 싣고 한나를 가진 몸으로 시내 변두리 골목골목 구멍가게를 찾아다니던 당신! 내가 직장 일로 불안해하면 언제나 자기가 있으니 걱정하지 말라고 위로하던 당신! 서무과장과 싸우고 갈등하던 나에게 사표 쓰라고 용기 주던 당신! 당신은 정말 나에게 모든 것이었고, 위대한 반려자였다오! 언젠가 다시 태어나도 당신을 아내고 맞이하고 싶다는 말은 나의 진심이오!

　여보! 어떻소! 비록 지금은 대욱이, 동영이, 늦둥이 한나를 공부시키느라 정신이 없지만 파도 소리 들리는 영일만에 우리 식구가 안식할 수 있는 고대광실(高臺廣室) 별장이 있고, 뻥튀기 색시 보따리장수가 50명

거느리는 출판사 사장이 되고, 친정집 식구들도 데리고 와 함께 살고 있으니 정말 당신은 대단한 여자야! 무엇보다 감사한 것은 당신 말대로 배운 것 없고, 가진 것 없는 내가 큰 교회 장로 권사가 되었으니 이 모두가 당신을 향하신 하나님의 은혜가 아니고 무엇이겠소.

황 권사! 지금까지 그랬던 것처럼 남은 세월 그렇게 삽시다. 난 3년 전 병실에서 가을 단풍을 바라보며 이렇게 기도했어! 하나님 히스기야 왕처럼 내 생명 15년만 연장해 주십사고. 우리 대욱이 하나님 마음에 꼭 드는 목사님 되고, 동영이 육신과 영혼을 치료하는 훌륭한 의사 장로님이 되고, 한나는 좋은 글 쓰는 작가 선생님이 되는 날 육신을 입은 이 세상에서 우리 둘의 할 일은 끝나지 않겠소! 밤마다 침대에서 당신 손을 잡고 잠을 자듯 하나님이 내 생명 얼마나 연장할지 알 길 없지만, 당신 손을 꼭 잡고 이 세상에서 해야 할 일 다 했다는 행복감으로 훌륭히 자란 자녀들의 모습을 바라보면서 주님 품에 영원한 안식을 얻고 싶소!

여보!! **사랑해요!!**

96.10.24.

결혼기념일에 당신을 사랑하는 남편이

# 현석이를 위한 기도

능력의 하나님, 우리 현석이를 도와주십시오. 올해는 신대원에 꼭 입학해야 합니다. 당신의 종이 되게 하기 위해 하늘에 계신 할머니께서도 생전 기도하셨습니다. 저희 부부도 현석이가 주님의 뜻에 합당한 종이 되게 해 달라고 모태에 있을 때부터 기도했습니다. 하나님께서 저희의 기도에 응답해 주셔서 좋은 성품도 주시고 사모로 잘 훈련받은 간호사 아내도 허락하셨습니다.

하나님, 현석이에게 지혜와 명철을 주시옵소서. 시험지를 받아들 때 하나님이 함께하시는 손길을 깨닫게 하시고, 넉넉한 성적으로 합격하여 저희 부부에게 기쁨을 주게 하시고, 불타는 사명감으로 부름에 응답할 수 있는 축복을 주시옵소서. 시험이 이제 한 달 남았습니다. 공부하던 것을 잘 정리하게 하시고 무엇보다 하나님이 함께하신다는 믿음의 바탕 위에 마음에 평안을 허락하소서.

주님께서 꼭 합격시켜 주실 것을 믿으며, 너희 믿음대로 될지어다. 말씀하시는 우리 주 예수님의 이름으로 기도드리옵나이다, 아멘.

# 동영이를 위한 기도

인간의 생사화복을 주관하시는 하나님, 우리 가정의 둘째 아들로 주신 영이를 위해 기도드립니다.

어려운 환경 가운데서도 꿈을 잃지 않고 소명을 가지고 의사의 길을 갈 수 있도록 지금까지 인도하신 하나님께 감사와 찬송과 영광을 들립니다. 여호와 라파, 치료의 하나님, 영이가 환자들을 대할 때마다 주께 하듯 기도하는 마음으로 환우들에게 소망을 주게 하시고, 하시고, 하나님은 고치시고 나는 봉사한다는 신념으로 치료할 때 하나님께서 간섭하시어 의사의 손길을 통해 치유의 역사가 일이 나게 하시옵소서. 예수님의 제자 누가처럼 의술을 선교의 도구로 사용할 수 있도록 지혜도 주시고 환경도 허락하여 주시옵소서.

형편과 처지를 아시는 하나님, 아들이 결혼할 수 있도록 예비하신 배필을 허락하시옵소서. 믿음이 돈독하며 기도하는 여인, 남편에게 순종하며 가족 간의 사랑을 어울릴 수 있는 다비다 같은 따뜻한 가슴을 가진 여인을 허락하시옵소서. 한평생 가는 길에 지치고 피곤할 때마다 가족의 사랑을 통해 안식을 얻게 하시고 가정의 행복을 통해 천국의 기쁨을 미리 맛보게 하옵소서. 적당한 자녀와 재물도 주셔서 주님 뜻을 이루는 데 쓰임 받게 하시고 형이 하는 선교 사역에 큰 보탬이 되도록 물질에도 복 주시옵소서.

생명의 주인이신 하나님, 이 세상 사는 동안 악의 세력으로부터 지켜 주시고 세상 것에 지배당하지 않고 하나님의 권세로 세상을 지배하는 여호와 닛시의 삶을 살 수 있도록 능력의 하나님께서 도와주시옵소서.

성령의 하나님, 성령의 생수가 물덴 동산같이 심령 깊은 곳에 흘러넘쳐 퍼 주고 또 퍼 주어도 고갈함이 없는 생명의 근원이게 하시고, 많은 사람에게 예수 그리스도의 영향을 끼치게 하옵소서. 장기려 박사같이 항상 가난하고 병든 자의 친구가 되어 기독 의사로서 육신의 질병뿐만 아니라 영혼까지 구원할 수 있는 구도자의 길을 가게 하옵소서.

지금 여기까지 인도하신 에벤에셀의 하나님, 아들의 삶을 통해서 하나님 영광 받으시옵소서. 가족에게는 보람과 기쁨이게 하옵소서. 우리 삶의 주인이신 우리 주 예수님의 이름으로 기도드립니다. 아멘.

# 🕊 한나를 위한 기도

사랑하는 딸 한나를 위해 기도드립니다.

하나님을 경외하는 것이 지혜의 근본임을 깨달아 하나님이 날 사랑하신다는 긍지를 가지고 진실하고 정직하게 3년을 보내게 하소서. 하나님의 자녀 많게 열심히 공부하되 이웃과 공동체를 爲해서 최선을 다하게 하시고 어려움을 당할 때 포기하지 않도록 지켜 주소서. 중학 3년 생활을 통해서 영혼과 육신이 성숙하고 강건할 수 있도록 인도하소서.

예수님의 이름으로 기도드립니다, 아멘.

96.03.27.


"여호와를 경외하는 것이 지식의 근본이라."

하나님 감사합니다. 자랑하는 딸, 한나가 중학교 3년 동안 영과 육이 건강하도록 지켜 주셨음을 진심으로 감사드립니다. 한나에게 지혜를 주셔서 성적이 날로 향상되어 포항여고에 입학 원서를 내게 하심을 감사드립니다.

이제 시험이 한 달 남았습니다. 남은 기간에 배운 것을 잘 정리하게 하시고 모르는 문제는 깨달아 알 수 있도록 명철을 허락해 주셔서 좋은 성적으로 입학할 수 있도록 은총을 베풀어 주옵소서. 무엇보다 하나님이 함께하신다는 믿음으로, 마음의 평안을 추시고 합격의 영광을 하나님께 돌리며, 이 모두가 하나님의 은혜였음을 고백할 수 있는 한나가 되도록 해 주세요.

우리 주 예수님의 이름으로 기도드리옵니다, 아멘.

98.11.21.

아빠, 엄마가

# 퇴직

26세 청년으로 시작해서 56세 장년이 되기까지 미운 정, 고운 정 다 들었던 학교를 명예퇴직이라는 이름으로 떠난다니, 지난 30여 년의 세월이 주마등처럼 떠오른다. 생각해 보면 나는 신혼을 모두 학교에서 보냈다. 원대동 언덕바지에 있는 경일중학교에 재직할 때 다 쓴 볼펜으로 손가락에 굳은살이 박이도록 시험지를 채점했었고, 한창 포항이 개발될 때인 70년대에는 포항고등학교로 근무지를 옮겼다. 교문 앞 수위실 좁은 단칸방에서 아내와 두 아들을 데리고 쓰레기장에서 나오는 휴지를 주워 가며 어렵게도 살았다.

근무지 만기로 수산고등학교로 옮겨 사무과장과 싸워 사표까지 쓰고 포항여고에 근무하던 시절에는 교통사고로 어머님까지 잃고, 군에 간 큰아들을 제외하고 아내와 아들 그리고 뇌수술까지 받은 딸을 비롯하여 횡격막이 파열되고, 갈비뼈가 부러지고, 무릎뼈가 분쇄되고, 양 발목 복숭아뼈가 골절되고, 코뼈가 내려앉고, 팔이 부러지고. 인간적으로 보면 지지리도 재수가 없는 몸이 아닌가. 만신창이가 되어 모두가 못 살겠다던 내가 하나님의 은혜로 병가 처리 후 5개월 만에 출근하고 근무지에서 5년을 채우고 다시 포항고등학교로 가다니.

어쩌면 내 생활은 학교와 집, 그리고 교회 그것이 전부였을지도 모른다. 정년이 2년밖에 남지 않았으니 한 살이라도 젊을 때 사회에 적응해야지 하는 기대감으로 명예퇴직을 결심했다. 지금까지 삶을 타의에 의해 살아왔다면 이제 남은 인생은 자의로 살아 보자는 생각이 들어 없는 용기를 내어 퇴직을 신청했다. 하지만 막상 퇴직하고 보니 생활 터전을 잃어버린 것 같은 허전함이 나를 무기력하게 만든다. 어디서, 어떻게 그리고 무엇부터 시작해야 할지 생활의 균형이 잡히지 않아 불안하기 그지없다. 퇴직을 신청해 놓고 작심하기를, 퇴직하면 모든 것을 잊어버리고 집에 돌아오고 싶을 때까지 원 없이 여행을 떠나 보리라 생각했다. 하지만 벌써 한 달이 지났는데도 내 맘대로 떠나지 못하고, 삶의 무게에 눌려 옴짝달싹하지 못한 채 그 자리에 서 있는 내 모습이 왜 이렇게 처량해 보이는지.

그래! 너는 역시 그런 놈이야! 모험심도 없고 남에게 의지하기를 좋아하는 쫀쫀하고, 아내의 말을 빌리자면 쩨쩨한 구두쇠. 생활 환경이 나를 그렇게 만들었고 나 역시 주어진 환경에 순응하면서 살았으니 지금에 와서 누구를 탓하겠는가. 그래도 주님은 이런 나를 왕 같은 제사장이라 하지 않았는가? 그렇다. 이미 결정된 것에 고민하지 말고 앞으로 내가 더 잘할 수 있는 것에 내 남은 생애를 걸어 보자. 결과에 연연하지 말고 오늘의 현실에 정면으로 도전해 보자. 몸부림도 치고 눈물도 흘리면서 내 남은 삶 전체가 주님에게 영광이 되도록 말이다.

99.01.20.

 사순절

主여, 主여 불러 보았으나
"오냐, 내가 여기 있다"
主抵 대답 없었네

主여, 어디 계십니까
찾아보았지만
主抵 만나지 못했고

主여, 왜입니까
물어보았지만
主抵 침묵하시네

이 은총의 계절에
십자가 앞에 무릎 꿇었더니
"내가 여기 있다"
응답하시고
말알갛게 비운 마음
주님께 드렸더니
내 영혼 활짝 피어나는
백합이네
내 마음 비워 主抵께 드렸더니
그제야 내 영이 춤을 추네
이 은총의 계절에
내 삶의 현실도 이렇게 춤을 추었으면…….

02.02.24. 주일

# 🕊 헛똑똑이

내 어릴 적 별명이 헛똑똑이였다. 왜 하필 헛똑똑이였을까? 곰곰이 생각해 보니 제 딴에는 똑똑한 척하는데 다른 사람이 보았을 때 '글쎄올시다'였을 수도 있고, 아니면 제법 똑똑하긴 한데 실속이 없다는 뜻일 수도 있을 것이다. 내가 나를 평가하기는 뭐 하지만, 어떠한 일을 시작할 때는 그럴싸하게 계획도 세우고 완벽에 가까울 정도로 일을 처리해 놓고, 막상 결과에 크게 만족하지 못하는 것이 내 별명 탓인 것만 같다.

늦둥이 딸이 대학 가는 날 나는 또 별명 값을 톡톡히 치렀다. 기숙사 입사가 아침 9시부터 선착순이라는 이야기를 들었다. 잠버릇이 심한 딸은 1층 침대를 써야 하는데, 한 곳은 방장 언니의 몫이었고 남은 곳은 한 곳뿐이었다. 충남 공주는 초행길이라 알 만한 사람에게 길을 물어도 시원한 답을 해 주는 사람이 없었다. 결국, 물어물어 가기로 하고 새벽 5시에 집에서 출발했다. 안강을 지날 때부터 집사람은 뒷좌석에 길게 누워 코를 골면서 얄밉게 자고 있고, 내 옆자리에 앉은 한나는 운전하는 내게 미안했던지 대구를 지날 때 내 허락을 받고 잠들었다.

이른 새벽이라 별로 막히는 길 없이 아침 8시에 추풍령 휴게소에 도착해서 내렸더니 구름도 쉬어 간다는 고지(高地)인 데다가 그날따라 날씨가 제법 쌀쌀했다. 입사가 시작되는 9시까지는 한 시간밖에 남지 않았기에 어디로 가야 가장 빨리 공주로 갈 수 있을지 내 머릿속엔 온통 그 생각밖에 없었다. 소변을 보고 오는데 마침 옆 차에 중년 신사 한 분이 차에서 내리기에 공주로 가는 길을 물었다. 그분은 희덕 분기점을 지나 유성 톨게이트로 내려 공주라고 쓰여 있는 표지판을 따라가면 된다고 상세히 알려 주었다. 맞게 간다면 예정된 시간 안에 도착할 것이라는 아저씨의 친절함에 감사를 드리고 운전석에 올랐더니 한나도 깨어 있어 기분 좋게 출발했다. 얼마쯤 지났을까 핸드폰이 울려 한나가

받더니 갑자기 큰일이 났다는 말을 했다. 깜짝 놀라 뒤를 돌아봤더니 아내가 덮고 있던 옷만 있고 사람이 없는 것이다. 아뿔싸, 휴게소에서 출발할 때 뒷좌석을 확인해야 했는데 시간은 쫓기고 어떻게 해야 하나, 그냥 두고 가야 하나 머리가 복잡했다.

"아빠, 엄마 목소리가 울라케."

딸아이의 목소리가 들려 왔지만 차는 이미 영동 톨게이트에 들어서고 있었다. 매표소에서 형편 이야기를 했더니 추풍령 휴게소에 가면 건너편 휴게소로 가는 길이 있다고 안내를 해 주셨다. 그래, 참자. 막내딸이 그렇게 원하던 교대에 가는 날인데 잘잘못은 살아가면서 따지기로 하고 화난 마음을 삭이며 운전대를 돌렸다. 그러나 우리나라 속담에 방귀 뀐 놈이 성낸다더니 집사람은 토라져서 말도 하지 않았다. 시간은 벌써 9시를 지나고 있었고 이제는 다 틀렸다는 생각에 성질을 속으로 삼키며 기숙사에 도착했더니 10시가 조금 넘어 있었다. 하나님께서 성질부리는 못된 나를 위로라도 하시려는지 배정된 503호실에는 아무도 오지 않아 원하는 자리를 잡을 수가 있었다.

내 이름이 내 방식대로 풀면 '좋을 조, 길 길, 하나 원'인데 길에서도 이렇게 웃지 못할 실수를 하니 역시 나는 내 별명처럼 헛똑똑이인가 보다…….

02.03.03.
공주 가던 날

# 사람 좋은 공주

　막내딸의 개학을 앞두고 자취할 세간을 싣고 공주에 갔다. 당일치기로 다녀와야 한다는 바쁜 마음 탓에 그만 교통신호를 위반해서 경찰에게 잡히고 말았다. 길을 잘 몰라 그랬노라고 전후 사정을 얘기했더니 차량의 번호판을 보더니 조심해 가시라면서 친절히 안내해 주셨다.

　볼일을 마치고 오는 길에 수표를 현금으로 바꾸어야 하는 일이 또 생겼다. 은행 마감 시간이 지나 농협 연쇄점에 들렀더니 카운터 아가씨가 물건도 사지 않았는데 수수료도 받지 않고 친절하게 현금으로 바꿔 주었다. 얼마나 고마웠던지 인심 좋은 충청도에 살고 싶다는 생각이 들었다. 그래, 교대에 다니는 딸아이가 교사가 되면 아이 따라 사람 좋은 충청도에 와서 살아야지 욕심을 부려 본다.


*포항시 두호동 롯데아파트*

# 🕊 조사

신○윤 장로님, 추석을 며칠 앞두고 고향 간다고 마음들이 들떠 있는데 장로님은 영혼의 고향이 그렇게도 빨리 가고 싶었습니까? 겨울이 아직 멀었는데 왜 그리 황급히 가셨습니까?

수술받고 오셨을 때 이젠 분주한 일손 놓고 쉬시라고 권했더니 "조 장로, 그래야지," 하시던 장로님. 아픈 몸 돌보지 않고 노회 일, 연합회 일, 교회 일 바삐 일하시던 모습 지켜보며 장로님이 원망스럽기도 했습니다. 이제사 그 뜻을 알 것 같습니다. 육신의 때가 얼마 남지 않은 것을 예감하시고 하나님이 맡기신 일 끝마치려 했다는 것을.

장로님, 이제는 평안히 쉬십시오. 못다 한 일들일랑 남은 우리에게 맡기고 주님 품에 편히 안식하소서. 그리고 기다리십시오. 머지않아 우리도 빨리 갈게요.

장로님, 보고 싶습니다.

04.09.20.

故신○윤 장로님 영전에
대탄교회 조길원 전도사 드림

# 장로직을 사임하면서

사랑하는 성도 여러분, 부족한 제가 포항 북부교회에서 신앙생활을 한 지 30여 년이 되었습니다. 제 생애의 절반을 이곳에서 보내면서 동역하는 장로님들과 사랑하는 성도님들께 분에 넘치는 사랑을 받았습니다. 2004년 1월에 하나님의 섭리하심에 따라 대탄교회에 담임 전도사로 부름을 받았습니다. 제가 섬길 교회는 강구에서 바닷길로 조금 들어가면 영덕 해맞이공원을 끼고 있는 청전 바닷가의 위치한 작은 교회입니다.

1974 포항 노회 여 전도회 연합회서 개척한 교회로 복음이 들어간 지 30여 년이 되었지만, 여러 가지 풍파로 지금은 70이 넘은 할머니 세 분만이 교회를 지키고 계십니다. 교회 문을 닫아야 할 처지에 놓여 있는 곳에 부족한 저를 가라하심은 분명한 하나님의 뜻이 있는 줄 믿고 순종하기로 했습니다. 교회가 위치한 대탄마을은 전형적인 어촌 마을로, 전체 가구 수는 50여 가구가 되고 어린이를 합쳐 80여 명이 살고 있습니다. 어촌이라 아이들이 없을 것 같지만, 도시에서 이혼한 가정의 자녀들이 고향에 계신 부모님께 아이를 맡겼기에 어린이들이 여러 명 있습니다. 이들을 위한 교육 목회에도 비전을 가지고 있습니다. 저는 오늘 당회에서 장로 시무 사임을 했습니다. 그것은 단지 시무를 사임하는 것이지 북부교회를 떠나는 것은 아닙니다. 포항 북부교회에 파송 받았다는 배경을 믿고 갑니다. 기도해 주십시오. 하나님께서 몇 년을 맡기실지 모르지만 남은 저의 인생을 걸 각오가 되어 있습니다.

사랑하는 포항 북부교회 성도 여러분, 이 지상에 완전한 교회란 결단코 없습니다. 북부교회는 참 좋은 교회입니다. '교회의 주인은 하나님과 여러분'입니다. 특히 항존 직분자들은 이 교회에 일꾼으로 쓰시기 위해서 하나님께서 기름 부으셨다는 것을 명심하시기 바랍니다. 선교복지관을 이렇게 잘 지어 놓고 여러분들이 해야 할 일이 너무나 많지 않습니까? 교회가 힘들 때 사임하게 되어 송구한 마음 정말로 금할 길 없습니다. 목회자들은 언젠가는 때가 되면 다른 교회로 떠나가게 될 것입니다. 포항 북부교회가 하나님 나라의 모델이 되고자 한다면 그 일은 여러분들과 그리고 자녀들에게 물려줄 유산이 되어야 할 것입니다. 포항 북부교회가 여러분들의 마지막 교회가 되기를 바랍니다. 감사합니다!

04.02.
마지막 주일 저녁 예배
송별 인사

## 나중 편지

## 기적이 상식이 되는 교회

또 한 해가 저물어간다. 목회를 시작한 지 벌써 일 년이 지나간다. 나름대로 최선을 다한다고 열심히 뛰었지만 우리 하나님께서 어떻게 생각하실까? "이 게으른 놈아!" 하고 꾸지람은 듣지 말아야 할 텐데.

목요일 저녁 8시 30분 흥해에 있는 제3 중앙교회 기도실에 예배를 인도하러 가는 길이다. 달전 언덕을 넘으니 카 오디오에서 들려오는 찬송 소리가 자장가로 들리는지 피로와 잠이 한꺼번에 몰려온다. "하나님, 내가 좋아서 원맨쇼를 하는 것은 아닙니까? 하나님께서도 나의 이모습을 보고 잘한다고 박수하고 계십니까?"라고 하며 혼자 미친 사람처럼 주절거리고 있는데, 난데없이 핸드폰 소리가 나의 공상을 깨운다.

"조길원 장로님 맞으세요?" 전파를 타고 들려오는 음성은 북부교회 김○용 권사님이시다. 권사님은 한 구역에서 2년간이나 같이 하나님을 섬기면서 알게 된 분인데 주님을 위한 사랑과 열정이 나를 매료했다. 순수하게 구역 식구들을 섬기는 모습을 닮아야겠다고 생각하며 권사님의 인격에 '뽕' 가 있던 나로서는 그의 음성을 금방 알아들을 수가 있었다. "권사님, 이 밤에 무슨 일로 전화를 하셨어요?" 하고 묻자, 권사님이 타시던 차를 바꿀 기회가 있어 교체해야 하는데 기도를 할 때마다 하나님께서 자꾸 그 차를 대탄교회에 주라는 응답을 내리셨다고 한다. "하나님, 그 교회는 봉고차가 필요할 텐데요!" 했더니, 그건 네가 걱정하지 말라고 응답하셨다는 것이다. "그럼 팔아서 돈으로 줄까요?" 했더니 그냥 차를 주라고 하여 31일 날 자동차 등록소에서 만날 것을 약속하고 전화를 끊었다.

전화를 끊고 나니 망치로 머리를 한 대 얻어맞은 기분이다. 며칠 전 목사 동생하고 통화하면서 교인들이 늘어나니까 내년에는 봉고차를 한 대 사야겠다고 지나가는 소리로 이야기를 했는데, 하나님께서는 그것까지 들으시고 내 마음을 위로하시려 이런 은혜를 주셨다. 그렇게 생각하자니 하나님 앞에 나의 모습이 한없이 부끄럽고 창피해 견딜 수가 없었다.

지난 성탄절 권사님과 남편 되신 이○관 집사님과 따님 세 분이 부족한 종이 섬기는 교회에 오셔서 감사헌금도 해 주시고 교인들도 위로하고 가셨다. 특히 2004년 12월 31일, 남편 되신 이○관 북부교회 안수 집사님께서 그 바쁜 시간에 차를 인계하기 위해 등록소에서 부족한 종을 기다리는 모습을 보고 '하나님 백이 정말로 좋긴 좋구나.' 하는 생각이 들었다. 차를 인수하는 데 드는 등록세 외 일체의 경비를 권사님이 부담하셨다. 이 부족한 종이 무엇이기에 기적을 체험하게 하시고 큰 사랑을 입게 하시는지. 그 은혜와 사랑에 보답하기 위해 남은 생애 동안 맡겨진 사명을 위해 죽도록 충성하리라 다짐해 본다.

차를 인수하여 오면서 "집사님, 감사합니다." 인사하는 내게 "하나님께서 주라고 하시니 드려야지요!" 하시던 남편 집사님의 말씀이 아직도 내 귓전을 때린다.

05.01.01.

하나님, 기적이 상식이 되는 교회가 되게 하옵소서

# 🕊 대탄갈릴리교회

내가 섬기는 교회는 통합 측 교단에 소속된 교회로 마을 이름을 따라 '대탄교회'이다. 왜 하필이면 대탄인지 모르지만 나는 그 이름이 영마음에 들지 않는다. 그 이유는 대탄이라는 단어가 크게(大) 탄식(嘆)한다는 뜻인 것만 같기 때문이다.

그런데 부임해 보니 구건물에 오래된 아주 작은 빛바랜 간판이 붙었을 뿐 본당에는 물론, 앞길조차 안내가 없어 격려차 다녀간 친구들은 하나같이 "야, 교회 간판 좀 줘라."라며 핀잔을 주곤 했다. 그래야지 생각하던 차, 교회를 오고 가는 길에 마음에 드는 간판이 눈에 들어왔다. 새 교회를 지어서 이사를 간 좋은 이웃 교회의 간판이 그대로 붙어 있었다. 잘만 떼면 돈을 안 들이고 '대탄' 자만 써넣으면 될 것 같아 도구를 준비해서 찾아갔더니, 마침 아는 권사님이 기도실을 운영하고 계셨다. 권사님과 옥상에 올라가서 벽에 붙은 교회 명패를 떼려고 몸부림을 쳐도 결국 못 떼고 빈손으로 돌아왔다.

그러기를 며칠 지나고 주일 저녁 예배를 마치고 밤 10시쯤 되었는데 전화벨이 울렸다. "대탄교회 맞습니까? 목사님이세요?"라고 묻길래 "저는 전도사인데 누구시죠?" 하고 되물었더니 대뜸 상대편에서 하시는 말씀이 "교회 간판 없지요!" 하시는 것이다. 누구신데 우리 교회 간판 없는 것을 어떻게 아시냐고 물었더니 당장 내일 만나자는 약속을 해 오셨다. 다음날 약속된 시간에 약속 장소인 청하에서 신광으로 가는 중간 지점 '독가촌 로뎀'이라는 집을 아내와 함께 찾아갔다. 주인을 찾았더니 꽁지머리를 한 40대 중반의 남자가 우리를 작업실로 안내를 했다. "우째 이런 일이!" 거기에는 벌써 우리 교회 간판 탁본이 쓰여 있었다.

간판을 만드신 분은 포항 제일교회의 집사님이셨다. 부인이 기도하는 동지를 통해 우리 교회를 알게 되었고 간판을 해 주자는 부인의 제의를 일언지하에 거절했는데, 성령께서 나를 만나기도 전에 이렇게 탁본을 쓰게 하셨다고 고백하는 것이다. 할렐루야. 집사님께서는 아마추어 조각가로서 하나님의 영광을 위해서 쓰임 받기를 원한다고 했다. 신기한 것은 그분이 바로 내가 원하던 이웃 교회 간판 글씨를 쓴 장본인이라는 것이었다. 하나님께서 모세에게 기적의 증거를 주신 것 같이, 숫제 세상 말로 잉크 물도 안 마른 새까만 전도사에게도 도움을 주시는구나 생각하니 감격하지 않을 수가 없었다. 꽁지머리 김○하 집사님 당신이나 나나 주님의 도구로 쓰임 받는 것은 매일반이지 않소.

교회 입구에 들어서면 조각으로 새겨진 교회 이름처럼 이 교회에 드나드는 모든 사람의 이름이 영원히 지워지지 않는 하늘나라 생명책에 기록될 줄 믿어 의심치 않는다. 교회 부임을 준비하면서 기도 중에 하나님께로 받은 이름 '대탄갈릴리교회'를 꿈꾸면서 나는 오늘도 하나님의 밥이 되었으면 좋겠다고 소망해 본다.

05.02.

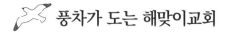 

강구에서 바닷길 따라 내려가면
굽이굽이 펼쳐지는 파노라마
하나님이 그려 놓은 걸작의 풍경화가
이름하여 영덕 해맞이공원

먼바다 수평선엔 고깃배 떠 있고
이십사 장로를 상징하듯
산길 따라 이십사기 풍차가 도니

흘러내린 산자락마다 옥색 바다 춤추고
주인 없는 등대만이 바닷길 지키는데

아랫마을 대탄교회 성도들이 모여
찬송 소리 기도 소리 파도를 치니
웰빙 교인 찾아와서 경사가 났네

하늘과 땅, 그리고 산, 바다가
바람 감독 지휘 아래 한 판 춤판 벌이니
덩달아 팔랑개비도 맞춤을 추니

얼씨구 좋구나, 절씨구나 좋구나, 지화자 좋아
이제 갈릴리대탄교회도 성풍이 불까 보다.

05.06.12. 주일, 경북 영덕 바닷가 풍차가 도는 마을
대탄교회 조길원 전도사

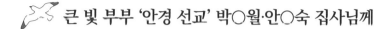# 큰 빛 부부 '안경 선교' 박○월·안○숙 집사님께

우리 주 예수그리스도의 부활 소망과 기쁨이 집사님 부부가 가시는 곳마다 넘쳐나기를 주님의 이름으로 기원합니다. 진작 감사의 글을 드려야 하는데 차일피일 미루다가 늦어 송구한 마음 금할 길 없습니다. 가실 때 뵙지도 못하고 제대로 인사도 드리지 못했습니다.

집사님의 섬김을 통해 '하나님은 사랑이시라'는 인식이 주민들 가슴 속에 자리매김하게 되었고 제가 직접 가정을 방문해서 안경을 전달하고 집사님의 뜻을 전했습니다. 집사님과 교회에 오시기로 약속하신 두 분의 할머니 중 한 분은 그 후로 교회에 나오시고 있습니다, 할렐루야. 한 분은 한번 나오시고 오시지 않는데 그 몫은 저희가 할 일이 아니겠습니까? 그리고 집사님과 약속한 부부는 제가 몇 번 심방을 해도 만나지를 못하고 이웃에 있는 교인을 통해 안경을 전하고 일단 교회 나올 것을 약속받았습니다, 할렐루야. 집사님도 그 영혼들을 위하여 기도해 주시기 바랍니다. 한 영혼이 온 천하보다 귀하다고 하신 주님께서 얼마나 기뻐하실까요?

사랑하는 집사님, 저도 장로 출신이지만 집사님 내외가 주님의 복음을 위해서 헌신하는 모습을 보면서 자신을 다시 한번 돌아보고 목회에 큰 도전을 받는 계기가 되었습니다. 안경을 통한 집사님의 선교사역이 육신의 눈뿐 아니라 영혼의 눈을 밝히는 큰일 임을 믿어 의심치 않습니다. 우리 하나님이 크게 기뻐하실 줄 믿습니다. 그리고 하나님이 집사님 가정을 더 크게 쓰시기 위해서 '복에 복을 더하시고 지경을 넓혀 주는' 야베스의 축복을 주실 줄 믿으며 저도, 우리 교회도 기도하고 있겠습니다.

사랑하는 집사님, 영육이 더욱 건강하길 바라며 이쪽으로 오시는 길이 있으면 꼭 한번 연락 주십시오. 그럼 안녕히 계십시오.

*02.05.11. 동해 작은 어촌교회에서 교인들의 뜻을 담아*

# 환 축 영

## 큰빛 안경 부부 선교

◎ **안경을 무료로 맞추어 드립니다.**
(시력검사 후 노안.원시용)

★ 대상 : 45세 이상 대탄동민 누구나
★ 일시 : 2005년 3월 23일(수) 오전 10시
★ 장소 : 대탄교회. 마을회관

※ 흑돼지(약) 바베큐도 준비되어 있으니
누구든지 오셔서 마음껏 드십시요.

### 하나님은 ♥ 사랑이시라

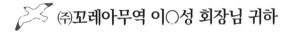
# ㈜꼬레아무역 이○성 회장님 귀하

주님의 은혜 중 평강을 기원합니다. 하시는 사업의 번창과 가정의 행복 그리고 섬기시는 교회에 하나님의 은총이 항상 함께하시기를 교회가 기도하고 있습니다.

회장님이 저희 교회를 다녀가신 후 성도들은 집사님의 손길을 통해 베푸신 하나님의 섭리하심에 '하나님이 우리 교회를 버리시지 않았구나.' 하는 믿음과 하나님이 앞으로 우리 교회를 부흥시켜 주실 것에 대한 기대감으로 가득 차 있고, 실제로 교회가 부흥하고 있습니다. 회장님 가정에 주님을 향한 섬김이 우리 교회의 간증이 되었으며 부족한 종에게 위로의 하나님이 롯의 가정에 보내 주신 천사로 믿고, 가는 곳마다 제 신앙의 증거로 고백하고 있습니다.

회장님께서 '도움이 필요하면 언제든 말씀하시라'고 하셨던 말씀은 저의 목회에 큰 힘이 되고 있으며 힘을 잃을 때마다 "일어나라." 하는 주님의 음성처럼 들리곤 합니다. 올해는 이상기온으로 무척 더운 여름이 될 것이라고 걱정들을 많이 하지만, 우리 교회는 회장님이 주실 에어컨 덕분에 하나님의 은혜를 맘껏 자랑할 기회를 가질 수 있을 것 같아 더운 여름을 오히려 기다리고 있습니다. 여러 가지 경제적으로 어려운 이때 회장님께 거룩한 부담이 되지 않을까 염려도 됩니다만 좋으신 우리 하나님께서 더 좋은 것으로 채워 주실 것을 믿어 의심치 않습니다.

진작 감사의 글을 드려야 했었지만, 기도하면서 여름을 기다렸습니다. 저희 교회 본당은 40평입니다. 전 교인들의 기도를 모아 집사님의 가정과 하시는 일과 섬기시는 교회에 하나님의 축복이 함께 하시기를 기도합니다. 감사합니다.

*05.05.05. 영덕 바닷가 대탄교회 조길원 전도사 외 전 교인 드림*

# 기쁨의 교회 박○○ 목사님께

목사님, 행복하시겠습니다. 요사이 하영인 사람들 성령의 옹달샘 물 마시고 10년은 젊어졌더라고요. 그저 행복을 주체할 수 없어 싱글벙글, 저역시 행복하답니다. 지난 노회 시 김○치 장로님의 안내로 목사님을 만났을 때 "불 지르러 가셨군요." 하신 말씀이 제 뇌리를 떠나지 않습니다. 저역시 작은 목장에서 북부(교회)맨으로서 긍지를 가지고 성령의 불을 지르고 있습니다. 목사님의 영발이 새까만 졸병 전도사인 저에게도 전염되어 사역에 불이 붙고 있거든요.

어느 네티즌이 아름다운 길로 목사님을 유혹하고 있던데 그곳이 제가 섬기고 있는 영덕 해맞이공원 풍차가 도는 대탄교회 앞마당입니다. 갈릴리와 같은 아름다운 곳입니다. 저도 욕심 같아서는 우리 교회로 목사님을 초청하고 싶지만 바쁜 시간을 훔치는 것 같아 용기가 나지 않고 작은 바람이 있다면 장로님들의 심방이 끝나시면 저의 가정도 심방해 달라고 부탁을 드립니다.

비록 몸은 떠나 있지만, 북부교회에서 장로로 섬기다가 북부 공동체가 저를 파송했다는 자부심과 거룩한 부담을 가지고 최선을 다하고 있습니다. 시무 장로 사임서의 잉크 물도 마르지 않았기 때문에 목사님 심방 받을 자격 있지 않나 생각도 들고요, 실은 목사님의 영발을 받고 싶은 것이 저의 솔직한 고백입니다. '들키기 전에 자수하여 광명 찾는 것입니다.'

목사님 힘내십시오. 하나님이 포항을 사랑하고 계시니까요. 그리고 북부 공동체를 무척이나 사랑하고 계시니까요. 보십시오, 기름이 떨어져 기우뚱기우뚱하는 북부 항공모함에 당신 마음에 합한 준비된 박○○ 선장을 이렇게 보내 주시지 않았습니까? 북부 항공모함에서 '뚜, 뚜-.' 하는 뱃고동이 들리고 있습니다, 할렐루야.

*영덕 대탄 바닷가 조길원 전도사 드림*

# 황무지가 옥토가 되고

교회 뒤 공터에 엉겅퀴가 무성터니
부지런한 서 집사님 괭이 들고 들락날락

고추 심고 고구마 심어 버려진 땅 옥토 되고
자라나는 곡식 보니 보기만 해도 배가 불러

어허디야 풍년일세
풍년가를 불러보세

우리주님 추수할때 알곡거둬 천국곳간
갈릴리 대탄교회 말씀풍성 성령충만

어허디야 풍년일세
천국잔치 열어보세.


05.06.26.
교회 텃밭에 고추와 고구마가
하루가 다르게 자라는 모습을 보며

# 해수욕장 개장

며칠 전 마을 앞 해수욕장이 개장했습니다. 올해는 백 년 만에 찾아오는 무더위라고 사람들이 지레 겁을 먹지만 그래도 여름에는 땀을 흘려야 제맛이 나지 않을는지요. 무더위를 날려버릴 갈릴리로 피서 오세요. 영덕 해맞이공원을 끼고 옥색 바다가 바윗길 따라 숨바꼭질을 하고 피서객들의 땀을 식히려고 풍차는 쉴 틈 없이 바람개비를 돌려주는데, 갈매기는 파도 타고 끼룩끼룩 휘파람을 불고 있지요.

세상살이 무거운 짐 여기 와서 몽땅 내려놓으세요. 바다에 던져 파도에 실어 부숴 버리고 풍차에 실어 멀리멀리 날려 보내자고요. 그리고 돈도 좀 바닷가에 뿌리고 삶의 여유와 멋도 부려 보고요. 동해의 떠오르는 햇살에 내일을 담아 다시 일터로 돌아가시라니까요! 십자가 산골 작은 교회도 마음에 담아 갔으면 하는 바람이 애송이 전도사의 욕심입니까?

05.07.15.

 # 맴 맴 맴

매미가 웁니다, 맴 맴
"매미가 노래합니다"
"매미가 찬송합니다" 맴 맴 맴

교회에서 뿜어대는 찬양의 열기가
오수를 즐기던 매미를 깨워 놓아
서둘러 눈 비비며 추임새를 넣네요
매암---- 매암---- 맴

매미와 성도들의 주 찬양 하모니가
코라스가 되어 훨훨 날개를 달고 천상에 올라가
향내 나는 제물 되어 하늘 보좌에 돌림노래가 되지 않을까?

05.07.31.
2005년 7월 24일 주일 오후 예배 시
교회 안에서 성도들이 부르는 찬양이 뜨겁고
창밖에는 매미가 질세라 목청 돋우고 맴, 맴, 맴.

# 하나님 아버지, 진짜 덥습니다

한 세기 만에 무더위가 올 거라던 기상예보가 틀리지 않았나 봅니다. 연일 35도를 오르내리는 기온이 사람을 숨 막히게 하고 열대야 현상까지 나타나 밤잠을 설치게 하고 있습니다. 이래저래 연세 많으신 어른들의 건강 때문에 시골교회 전도사의 걱정이 태산 같습니다.

오후가 되면 머리가 아프다던 류 집사님은 지난주에 결석을 했습니다. 휠체어를 갖고 모시러 간 저를 향해 "전도사님 귀찮게 해서 죄송해요." 울먹이시면서 "헌금은 해야지요." 하시면서 부산에서 아들이 와서 주더라고 만 원짜리 지폐 두 장을 제 손에 꼭 쥐여주었습니다.

하나님께 기도합니다. 그리고 소망해 봅니다. 더위 먹어 헉헉대는 우리 사회 전 분야에 이제는 시원한 가을바람이 불어왔으면 참 좋겠습니다. 그리고 몸이 약해 교회 출석도 힘들어하시는 우리 교회 성도들도 그 영혼이 은총 입어 육신도 이 불볕더위를 거뜬히 이겼으면 하는 바람입니다.

"네가 약할 때 내가 강함이라."

오늘도 주님의 인자하신 음성을 듣고 싶습니다.

05.08.07.
무더위가 기승을 부리는 삼복더위에
에어컨 없는 교회에서 예배드리는 성도들의 모습을 보면서

# 여름 바다

여름 바다! 너는 참 좋겠다
수많은 사람이 찾아오니까

여름 바다! 너는 심심하지 않을 거야
수많은 얘깃거리가 있으니까

여름 바다는 외롭지 않겠지
수많은 연인이 사랑을 하니까

여름 바다는 마음도 참 좋아
갖가지 비밀을 너 홀로 삭이니까

우리도 여름 바다처럼 마음이 넓어
세상사 모두를 가슴 한가득 안았으면…

05.08.14.

여름 바다를 찾는 피서객들의 행렬을 보며

# 🕊 회 맛 좀 보이소오

졸린 눈 비비며 이른 새벽 바닷가로 나가
횟감 잡아 교회 드릴까
강 선주 꿈도 크셔라


기다린 듯 그네들이 낚싯줄에 엮어
대롱대롱 팔딱팔딱 춤을 추네


하나님 감사합니다, 감사합니다
강 선주 신앙 고백에
옆에 있던 강태공도 덩달아 감사합니다


전도사님 날 좀 잡수소오
집사님 날 좀 잡수소오
그들 보챔에


한양에서 젊은 부부 결혼기념 여행길에
주일 성수예배하러 대탄교회 들렀더니
갈릴리(대탄) 회 맛이 이렇게 좋을 수가.


05.05.29.
주일예배 후 강○국 성도가 잡은
싱싱한 도다리 회를 점심으로 먹고 그의 간증을 글로 표현
풍차가 도는 마을 영덕 해맞이공원 옆 대탄교회 조길원 전도사

#  하나님 아버지, 아내를 살려주십시오

아침에 일어나니 간밤에 배가 아파 한잠도 못 잤다고 아내가 엄살을 부립니다. 어제 또 무슨 음식에 식탐을 내어 그러거니 하면서 혼자 아침을 먹었는데 이번에는 여느 때와 달랐습니다. 일밖에 모르는 아내가 출근도 미룬 채 병원에 가자고 닦달하여 동네 병원에 갔더니, 선린병원 응급실로 속히 가보라는 의사의 말에 덜컥 겁이 났습니다. 24살 꽃다운 나이에 나를 만나 35년간 함께 살면서 교통사고와 출산 외에는 입원한 적이 없는 건강한 아내였습니다.

"하나님! 아버지! 제 아내를 살려주셔야지요? 지금 이 나이에 혼자되면 어찌합니까? 설령 새장가를 간들 아내만큼 어설픈 나를 챙겨줄 사람이 어디 있어요. 더도 덜도 말고 나보다 일 년은 더 살게 해주십시오."

기도하는 제게 갑자기 하나님의 음성이 들렸습니다.

"좋아! 너의 기도를 들으니 네 아내 오래 살게 해달라는 것은 결국 너 때문이야! 그러니 있을 때 잘해."

오! 하나님, 맙소사. 그건 유행가 가사가 아닙니까?

05.08.21.

갑자기 아내가 장게실염으로 병원에 입원했을 때

#  얼굴 없는 천사 날개를 접고

성경에는 많은 천사가 나오고 있습니다. 기쁜 소식을 전하는 가브리엘을 비롯해서 군대 천사 미가엘 등 이름이 있는 천사가 있는가 하면, 이름이 없는 천사도 많이 나오고 있습니다. 천사장이 교만하여 하나님의 보좌를 탐하다가 하늘에서 쫓겨나 자기를 따르는 천사 삼 분의 일을 데리고 공중 권세를 잡은 사탄의 세력이 되었다고 합니다.

우리는 천사 하면 흰옷을 입은 천사가 날개를 펴고 하나님의 전령으로 이 땅에 내려오는 모습을 연상하곤 합니다. 그런데 우리 교회에도 날개를 단 천사가 날아왔습니다. 벌써 일 년이 넘도록 매월 마지막 주일이면 비가 오나 눈이 오나 어김없이 찾아옵니다. 한 손에는 빗자루와 가방을 들고 또 한 손에는 먹거리를 들고 말입니다. 와서 빗과 가위를 든 손이 머리에서 조화를 부리면 눈 깜짝할 사이에 10년은 젊게 만들어 버립니다.

누구 하나 알아주지 않고 아무도 박수 보내지 않아도 어김없이 묵묵히 그리고 오히려 자기 이름이 알려질까 봐 사진 한 장 못 찍게 하는 당신은 진정 예수님이 보낸 얼굴 없는 천사입니다.

하나님 아버지, 우리 교회 천사가 얼굴이 없듯이 날개도 접어 날아가지 못하고 우리 곁에 항상 있도록 해 주십시오. 너무 큰 욕심입니까?

05.08.28.
매월 이·미용 봉사로 섬기는 정아미용실 원장의 손길을
대탄마을이 하나님의 영이 덮는 '라마나욧'이 될 것을 소망하며

# 여행, 길동무

우리는 이 땅에 태어나서
걸음마를 시작하면서
어쩌면 길을 가는지도 모릅니다
그래서 인생을 길 가는 나그네로 표현하지 않습니까

물론 자기가 원하는 길을 가는 사람들도 있겠지만
대다수의 사람은
환경과 타의에 의해서 시류에 떠밀려서
원하든 원치 않든
오늘의 길을 가고 있습니다

길을 가다 보면
좋은 길동무를 만난다는 것은
얼마나 큰 행운인지 모릅니다.
함께 가노라면 먼 길이 전혀 지루하지 않고
후딱 목적지에 도착할 수 있기 때문입니다

우리의 가족이 길동무일 수 있고
이웃이 친구가
그리고 특히 영적으로 한 피 받아 한 몸 이룬 우리 성도가
떼려야 뗄 수 없는 길동무가 아닐는지요

때론 돌부리에 부딪혀 넘어지면
손잡아 일으켜 세워 주고
주위 환경이 너무 아름다워 가야 할 것도 잊고 세상에 취해 있으면
깨우고 독려하여 낙오자가 없도록 말입니다

하나님 아버지
그러나 우리의 진정한 길동무는
예수님이 아닐는지요

"주와 같이 길 가는 것
즐거운 일 아닌가
우리 주님 걸어가신 발자취를 밟겠네
한 걸음 한 걸음 주 예수와 함께
날마다 날마다 우리는 걷겠네"

우리 교회 성도들의 신앙 고백이 되게 하시옵소서.

05.09.04.
인생 여정 가운데 좋은 길동무를 만난다는 것은
하나님이 베푸신 은총의 자리입니다

#  까불지 마, 까불지 마, 까불지 마

가을이 오는 문턱에 길 잃은 나비가 찾아왔습니다
아침 일찍 아내와 바닷가에 나갔더니
아직도 바다는
가쁜 숨을 몰아쉬고 있었습니다
밀려오는 파도 말이
속에 노를 삼키는 하나님의 모습이 어른거렸습니다

지난 밤새 비바람이 아파트 창문을 후려칠 때마다
세상 끝자락이 오는 줄 알았습니다
바다 턱 밑에 사는 교인들이 걱정되어 전화를 걸었지만
소식이 불통이었습니다

"하나님 아버지, 한 번만 참아 주십시오
그리고 불쌍히 여겨 주십시오"
무릎을 꿇었습니다

긴 밤이 지나고 아침이 왔습니다
그리고 길 잃은 나비도
제 갈 길로 날아갔습니다
바다 수평선 구름 사이로
아침 햇살이 얼굴을 내밉니다
"그래, 내가 또 참는다"
말씀하시는 것 같았습니다
하나님 감사합니다.

05.09.18.
태풍 나비가 지나간 자리에서

# 청교도들이여 일어나라

팔당댐 상수원 양수리 성산에
전국에서 모여든 청교도 육천 명

부르짖어 기도하니 그 소리 함성 되어
하늘 문이 열리니 성령의 단비 주룩주룩

성전에서 벌어지는 말씀 잔치에
골짝마다 흐르는 물소리 하모니가 되고

깊은 밤 찬송 소리 추임새를 넣으니
날 선 검, 천사들이 이곳을 지키네

하나님 아버지, 이 민족을 불쌍히 여기시옵소서
이 민족의 소망은 오직 교회뿐이라는 것을
청교도들을 물고기 배 속에서 토하여 주옵소서
그리고 부활을 주옵소서

한국 교회 소망은 청교도들입니다
도와주시옵소서, 아멘.

05.09.18.

2005년 추석

양수리 수양관에서 말씀 학교를 마치며

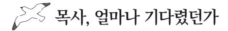

# 목사, 얼마나 기다렸던가

　34년이란 세월이 지나 나의 또 하나의 꿈이 이루어졌다. 60년대 당시 유명했던 부흥사 이○봉 목사님의 집회를 쫓아다니며 나도 나중에 커서 목사님처럼 훌륭한 부흥사가 되리란 꿈을 야무지게 가졌었는데 그러나 하나님께서는 여러 가지로 나의 자격 없음을 아시고 일찍이 포기케 하셨음을 누구보다 나는 잘 안다.

　환경에 지배되고 현실에 안주하며 월급쟁이의 편한 생활에 길들면서도 어릴 때 꿈꿔 오던 아쉬움 때문에 '하나님, 첫째로 아들을 주시면 당신의 종으로 드릴게요!'라고 서원하고 또 기도해 왔다. 그 아들이 지난 10월 총회 기간 전화를 걸어 와 "아버지, 목사고시 합격했어요. 축하해 주세요." 하는데 암, 축하하고말고. 얼마나 기다렸는데. 내년 봄 목사 안수받는 날 목사 가운을 전도사인 이 아빠가 입혀 주면 안 될까?

　하나님, 아버지! 아들 현석이의 목회길 동행하여 주옵소서. 골고다의 좁은 길도 주님 가신 길이라면 따라가게 하시고, 아골 골짝 빈들에도 예수 생명 주려 자원하게 하소서. 상처받은 영혼들의 치유자가 되게 하시고 환난을 당한 자의 피난처가 되게 하소서. 땀 흘려 일할 때 보람이 있게 하시고, 하! 하! 하! 웃으시는 하나님의 웃음소리 많이 듣게 하소서. 강단에서 말씀 선포할 때 하늘 능력 주시고, 제단에 엎드려 기도할 때 하늘 문을 여소서. 주 앞에 서는 그날까지 사람 보지 말게 하시고 "주만 바라볼지라." 목회 일념이게 하소서. 아멘.

05.10.16.

# 추수 마당에

교회 뒷자락이 작년만 해도 가시엉겅퀴와 잡초가 무성한 황무지였는데 지난봄, 잡초 제거하고 밭을 일구어 고추 심고 고구마를 심었더니 풍성한 가을을 수확케 하셨습니다. 특히 우리 교회를 다녀간 많은 친구가 텃밭에 심어진 곡식을 보면서 하나님을 느끼고 간 것은 생각지 않았던 보너스였습니다.

지난 주일에는 교회 앞에 감나무에 단감을 따서 식후 디저트로 먹었는데 얼마나 감 맛이 단지 감사, 감사를 가득 삼켰거든요. 하나님 아버지, 지난 수요 예배후 교회 텃밭에 심어 놓은 고구마를 캤습니다. 고구마가 상하지 않도록 싹을 붙들고 호미로 땅을 파서 들어 올리면 어떤 곳에서는 대여섯 개가 주렁주렁 올라와 기쁨을 주는가 하면 겨우 한두 개가 달랑 올라와 실망을 주기도 했습니다.

하나님 아버지, 이 가을에 우리의 삶도 주인 되신 당신께 기쁨을 줄 수 있는 추수 마당이 되길 간절히 소망해 봅니다, 아멘.

자신을 속이지 마십시오. 하나님은 조롱을 당하지 않으십니다. 사람은 무엇을 심든지 심은 대로 거두는 법입니다. 자기 육체를 위해 심는 사람은 그 육체에서 썩어질 것을 거두고 성령님을 위해 심는 사람은 성령님에게서 영원한 생명을 거둘 것입니다.

선한 일을 하다가 낙심하지 맙시다. 포기하지 않는다면 반드시 거둘 때가 올 것입니다. 그러므로 기회 있을 때마다 모든 사람에게 선한 일을 하고 특별히 믿는 성도들에게 더욱 그렇게 하십시오(갈 6:7-10).

05.10.23.

# 오직 예수

나이는 숫자에 불과하다고 입버릇처럼 말했지만, 한창 남은 달력을 보면서 '또, 한 해가 가는구나.' 생각하니 왠지 서글픈 마음이 드는 것은 왜일까요?

하나님 아버지! 대림절을 보내면서 오직 예수의 신앙으로 살아가기를 소망해 봅니다. 사망에서 생명으로, 절망에서 소망으로, 어두움에서 빛으로, 영원한 승리를 위해서 말입니다.

오직 예수! 그분만이 우리들의 삶의 길목마다 인도하시기에 우리의 남은 인생 여정에도 아무 두려움이 없습니다. 아멘.

"여호와는 나의 목자시니 내가 부족함이 없으리로다. 그가 나를 푸른 풀밭에 쉬게 하시고 잔잔한 물가로 인도하시며 내 영혼을 소생시키시고 자기 이름을 위하여 나를 의로운 길로 인도하시는도다(시 23:1-3)."

05.12.04.

# 졸업

지난주 금요일 날, 딸아이의 졸업식이 있었습니다. 열심히 공부한 결과로 졸업장과 교사 자격증을 얻었습니다. 대학을 졸업해도 취업하기가 힘든 요즈음 졸업과 동시에 초등학교 교사가 된다는 것은 하나님의 크신 축복이 아닐 수 없습니다. 또 하나! 지난 주간 친구 장로님 한 분이 이른 나이에 인생 졸업을 했습니다. 그 친구는 졸업과 동시에 하늘나라에 영원한 취업을 했습니다.

하나님 아버지! 우리가 한평생 살면서 수많은 과정에 입학하고 졸업을 하곤 합니다. 공부를 많이 해서 박사가 되기도 하고 걸맞게 자격증을 따기도 하지만 이 모두는 이 땅에서 행복하게 살기 위한 수단이 아닐는지요?

하나님 아버지! 하늘의 속한 우리는 우리의 신분을 영원히 보장해 줄 "구원"이란 자격증을 따기 위해서는 무엇을! 어떻게! 힘썼는가? 생각하는 졸업 시즌이 되게 하옵소서, 아멘.

"우리가 바라보는 것은 보이는 것이 아니라 보이지 않는 것입니다. 보이는 것은 순간적이요 보이지 않는 것은 영원하기 때문입니다(고후 4:18)."

06.02.26.

#  갈릴리

갈릴리 은혜의 주 예수 거기서 진리를 가르치시고
배고픈 무리에서 배불리 먹이시니
생명의 양식으로 날 채워 주소서

갈릴리 사랑의 주 예수 거기서 자비를 베푸시고
온갖 질병 고치시고 나 또한 부르시니
주 앞에 나갑니다, 날 고쳐 주소서

갈릴리호숫가에 비바람 몰아칠 때
권능의 주 예수 잔잔하게 하셨듯이
우리를 도우소서, 평안을 주옵소서

대탄갈릴리여 30년 세월 흘러
꺼질 듯 꺼지지 않던 촛불이
성령의 횃불 되어 온 누리가 광명 천지
갈릴리야, 갈릴리. 너의 이름 아름답다, 아멘.

"이에 온 갈릴리에 다니시며 저희 여러 회당에서 전도하시고 또 귀신들을 내어쫓으시더라(막 1:39)."

06.04.23.

# 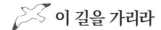 이 길을 가리라

잔인한 사월이 가고
오월의 문턱에서
행복을 느끼는 것은
예수 그리스도가 날 사랑하기 때문입니다

산, 하늘, 바다 그리고 세월이 풍차 따라 돌고
우리 교회에서 울리는 종소리가
세상에 부활의 소식을 전합니다

성스럽게 밤하늘에 별들이 노래하고
한껏 푸르름을 자랑하는 자연이
살아옴에 진실함으로 하나님께 영광을 돌립니다

아픔은 감싸 주고
사랑은 나누며
길이요 진리요 생명이신 주님 인도 따라
오늘도 주님과 함께 나는 가리라
이 길을 가리라! 갈릴리에서… 아멘.

"내가 선한 싸움을 싸우고 나의 달려갈 길을 마치고 믿음을 지켰으
니(딤후 4:7)."

06.04.30.

 # 아이야!

병아리 걸음으로 벳세다 들녘 가서
고사리손 모아 기도하고
앵두 같은 입 열어 찬양하고
토끼 귀 쫑긋 세워 생명 말씀 듣더니

보리떡 다섯 덩이 물고기 두 마리
도시락째 예수님께 드렸더니
오천 명 나눠 먹고 열두 광주리

애들은 가라, 애들은 가라
아이들 쫓던 어른들 꾸중 듣고
어린이 내게 오는 것 금하지 말라
천국이 저들의 것이라고 예수님 말씀하셨네

아이처럼 내 믿음 예수님께 드려
아이야! 부르시는 주님 음성 듣고 싶어서… 아멘.

"누구든지 하나님의 나라를 어린이와 같이 받아들이지 않는 사람은
그 나라에 절대로 들어가지 못할 것이다(막 10:15)."

06.05.07.

 푸르름

5월의 끝자락에
뒷산 마루 산딸기 수줍어서 고개 살짝
넓은 들엔 어느새
치장으로 갈아입으려 한창입니다

수평선 저 멀리 조각배에 구름 싣고
한마디 불평이나 아무런 항거도 없이
제자리를 찾아 일어서는 위대함이여
자연의 대합창입니다

살 속으로 스며드는 느낌표를
푸른 이 순간에 잡아
하나님 아버지
선명한 꿈으로
마음속 깊이 심어 두고 싶습니다, 아멘.

"내가 눈을 들어 산을 바라보리라 나의 도움이 어디서 오는가(시 121:1)?"

06.05.28.

## 🕊 성령이여

성령이여
내 영혼 만져 주소서
바람 같은 성령이여, 불같은 성령이여
오! 비둘기 같은 성령이여
내 눈에 기름을 부으소서
이 사랑의 말씀 속에 임재하시는 하나님을 볼 수 있도록
죄로 귀머거리가 된 내 귀를 열어 주소서
내 안에 거하시는 당신의 음성을 듣도록
나의 主 예수여
나의 굳은 마음을 깨트리소서
내 마음속 깊은 곳에
당신의 달콤한 말씀을 숨겨 주소서, 아멘.


"주의 말씀은 내 발에 등이요 내 길에 빛이니이다(시 119:105)."


06.06.04.

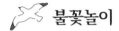 # 불꽃놀이

어젯밤에는 북부해수욕장에서 불꽃 쇼가 벌어졌습니다
빨강, 파랑, 노랑
하늘을 수놓은 형형색색의 불꽃은
우리네 인생살이인지도 모릅니다

지상에서 수평선에서 하늘에서
날 좀 봐 달라고 몸부림을 치듯이
불꽃이 한마당 춤판을 벌입니다

저 불꽃은 어쩌면 우리인지도 모릅니다
지나간 세월 속에 희로애락의 조각들도
이제는 세파에 휘날리고
전투기를 몰고 포항 앞바다에 사라진
젊은 병사의 불꽃이 재가 되어
내 가슴에 내려앉습니다

하나님 아버지
우리도 이제 성령의 불꽃놀이를 해야만 하겠습니다
하나님도 예수님도 성령님도
천군 천사와 함께 구경 나오도록 말입니다, 아멘.

"모든 인간은 풀과 같고 그 영광은 들의 꽃과 같아서 그 풀은 마르고 꽃은 떨어지나 주의 말씀은 영원히 존재한다. 이 말씀이 우리가 여러분에게 전하는 기쁜 소식입니다(벧전 1:24)."

06.06.11.

## 나는 가리라

하늘 흘러가는 조각구름에 내 마음 실어
행복을 느끼는 것은 예수 그리스도가 날 사랑하기 때문입니다
바다의 밤하늘엔 별이 흐르고
6월에 푸르름이
살아옴에 진실함으로 하나님께 영광을 돌립니다

아픔은 감싸주고 사랑은 나누면서
길이요 진리요 생명이신
주님의 발길 따라 갈릴리 식솔들과 함께
나는 기리라, 이 길을 가리라, 아멘.

"한 걸은 한 걸음 주 예수와 함께 날마다 날마다 우리는 걷겠네(찬 456)."

06.06.18.

# 🕊 대-한민국! 짝, 짝, 짝, 짝, 짝!

지금 독일에서 열리고 있는 세계인의 축제인 월드컵에 지구촌에 이목이 쏠려 있습니다. 우리의 태극전사들도 세계의 젊은이들과 어깨를 나란히 하는 모습을 보면서 얼마나 가슴 뿌듯한지 모릅니다. 지난번 토고와의 한판 승부는 멋진 역전 드라마 그 자체였습니다.

전반전에 1:0으로 지고 있었지만, 후반전에 들어 이천수 선수에 이은 안정환 선수의 역전 골은 응원하던 온 국민을 열광하게 했고, 대한민국 국민 됨에 자긍심을 심어 주기에 충분했습니다. 그것보다 더 흥분된 것은 경기가 끝난 후 온 세계인이 지켜보는 가운데, 그라운드에 무릎을 꿇고 기도하는 선수들의 모습이었습니다.

이 모든 영광 하나님께, 비록 그들이 말은 하지 않았지만, 무언의 메시지가 메아리가 되어 내 가슴을 요동치게 했듯이, 온 세계에 충만했으리라 믿습니다. 하나님 아버지! 그 기쁨이 어디 저 혼자뿐이겠습니까. 6·25의 잿더미에 오늘의 조국이 있게 하신 하나님의 은혜에 감사하고 우리의 땅인 삶의 자리에서 무릎을 꿇고 기도하게 하소서. "모든 영광 하나님께!" 아멘.

"그러므로 여러분은 먹든지 마시든지 무엇을 하든지 모든 것을 하나님의 영광을 위해 하십시오(고전 10:31)."

06.06.25.

# 追慕(추모)

영덕에서 동쪽으로 십 리 길 작은 어촌 마을
30년 전 떨어진 복음의 씨앗이 오늘에 대탄 갈릴리 교회
오늘이 있기까지 몸 바쳐 마음 바쳐 물질 바쳐
충성스러운 장로 같은 집사가 있었으니
그 이름 최남수 집사님
하늘나라 가신 지 어언 16년 아내는 고향 교회 지키고
딸 셋은 남원에서 인천에서 아버지에 뜻을 따라
믿음에 유산을 잇더니
"오직 나와 내 집은 여호와를 섬기겠노라"
최 집사님 유언 따라 하나님을 떠났던 맏딸이
이제서야 두 손 들고 돌아와
남편과 함께 집사 되어 아버지 교회를 지키니
에헤디야 좋을씨고 갈릴리교회 살맛 났고
하늘나라 최 집사 덩실덩실 어깨춤을 추시겠네, 아멘.

"오직 나와 내 집은 여호와를 섬기겠노라(수 24:15)."

06.07.23.

# 비

기상 관측 이래 최대의 집중호우가 내렸다고 합니다. 하늘이 구멍이 뚫렸나 할 정도로 물을 쏟아 부었습니다. 자연 앞에 한계를 느끼며 인간들이 겸손을 배우게 되나 봅니다.

세상만사 저 잘났다고 으스대더니 하늘 한번 무너지고 쏟아지는 빗속에 잃어버린 삶, 침전하는 소리소리들. 하늘은 듣는가? 참혹한 폐허의 땅에도 언제 피었는지 쑥부쟁이 맑은 웃음과 내일이 성큼 오고.

하나님 아버지! 집중호우로 가족을 잃고 삶의 터전을 빼앗긴 수재민을 불쌍히 여겨 주시옵소서. 우리 모두도 저들의 아픔을 함께 나눌 수 있도록 넉넉한 마음을 주시옵소서, 아멘.

"기뻐하는 사람들과 함께 기뻐하고 슬퍼하는 사람들과 함께 슬퍼하십시오(롬 12:15)."

06.07.30.

 **예인병원**

아들이 개업할 병원에 이름입니다. 군 복무를 마친 아들이 종합병원에서 경험을 쌓아 개업할 것을 바랐는데, 부모도 아들의 고집을 꺾지못 했습니다. 아무 연고도 없는 춘천에서 개업한다는 낌새를 알아채고찾아갔더니 벌써 병원은 리모델링에 들어갔고, 자동차도 사고 살집도얻고 북 치고 장구 치고 하는 아들의 틈새를 비집고 들어갈 자리는 없었습니다. 그저 혼자서 하는 것이 즐겁다는 아들의 말을 믿을 따름입니다. 아무 연고도 없는 호반의 도시 춘천에서 새로운 둥지를 트는 아들의 모습을 보면서 대견하면서도 한편으로는 염려가 되는 것은 부모의 노파심에서일까요?

하나님 아버지, 예인의원이 그 이름과 같이 예수님이 인도하는 병원이 되게 하소서. 바라기는 병원을 찾아오는 환우들에게 육신의 질병은물론 영혼의 쉼도 얻게 하는 믿음의 병원 기도하는 병원이 되었으면 참좋겠습니다. 선교의 기지가 되었으면 더더욱 좋겠습니다.

"하나님은 치료하고 나는 봉사한다."

병원에서 봉사하는 자들의 신념이 되게 하옵소서, 아멘.

"여호와라파 나는 너희를 치료하는 여호와임이니라(출 15:26)."

06.08.06.

# 🕊 손님

바닷가에 사람들은 여름에는 손님을 쳐야 합니다. 와서 기분이 좋은 손님이 있는가 하면 짐이 되는 손님도 있습니다. 바닷가에 온 피서객들이 반갑지 않은 손님 해파리의 출몰로 수난을 당했습니다.

수온 차이로 생긴 반갑지 않은 손님, 적조로 뱃사람들이 울상을 짓고 있습니다. 이제 또 태풍이 일본 열도를 지나 우리나라로 오고 있습니다. 이번 태풍은 제발 반가운 손님이었으면 좋겠습니다. 올여름이 남긴 수많은 아픈 발자국들, 적조 현상도 태풍이 싹 쓸어갔으면 참 좋겠습니다. 천고마비의 길을 열도록 말입니다.

하나님 아버지, 우리는 어쩌면 손님으로 이 세상에 왔다가 가는지도 모릅니다. 언제 어디서 그리고 누구에게나 기분 좋은 손님이 되어 하늘나라에서 주인으로 자리매김하도록 말입니다, 아멘.

"하나님에게는 우리가 구원 얻은 사람들에게나 멸망하는 사람들에게 그리스도의 향기입니다(고후 2:15)."

06.08.20.

# 🕊 바다 이야기

온 나라 전체가 벌집을 쑤신 듯 시끄럽습니다. 갑자기 불어닥친 태풍 우쿵으로 여름 바다가 조용해지는가 싶더니 바다 이야기로 온 나라가 떠들썩합니다.

바다는 겸손합니다 / 가장 낮은 곳에 있으니까
바다는 어머니의 품과 같습니다 / 모든 것을 품으니까
바다는 베푸는 사랑입니다 / 가진 것을 모두 주니까
바다는 침묵입니다 / 말이 없으니까!

지금 온 나라를 휘청거리게 하는 바다이야기는 사행성 오락의 이름입니다. 얄팍한 상술이 인간들에게 무한한 자원을 주는 바다라는 이름을 욕보이는지도 모릅니다. 온 나라 구석구석을 도박장으로 벌려 놓고 선량한 국민의 사행심을 부추겨서 노름꾼으로 만들고 있는 이 나라를 어찌해야 좋단 말입니까?

하나님 아버지! 땀 흘린 만큼 대가를 얻는 정직한 사회가 될 수 있도록 이 나라를 바로 잡아 주옵소서. 높은 언덕은 평지가 되고, 굽은 길은 바로잡고, 터진 웅덩이는 메꾸어 주시고, 찢긴 것은 싸매어 주시어 만신창이 된 이 상처를 바다처럼 건강하고 바다처럼 싱그럽게 회복시켜 주시옵소서. 하나님의 나라가 이 땅에 임할 수 있도록 말입니다, 아멘.

"오히려 너희는 공정을 물처럼 흐르게 하고 정의를 마르지 않는 시내처럼 흐르게 하라(암 5:24)."

06.09.03.

# 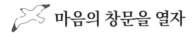 마음의 창문을 열자

열 길 물속은 알아도 한길도 안 되는 사람의 마음속을 모른다고 하지요. "내 마음 나도 모르게." 유행가 가사처럼 우리 마음의 이는 상념 따라 지옥이 되기도 하고 때로는 천국이 되기도 하는 것이 사람의 마음입니다.

점심을 먹고 교회 옥상에 올라갔습니다. 좌우 산천에 푸르름이 내게로 다가오고 눈 앞에 펼쳐진 푸른 바다는 파도타기 하고자 손짓을 합니다. 그리고 높은 하늘에 뭉게구름이 "날 잡아 봐." 숨바꼭질을 청하고 있고요.

하나님 아버지, 이 가을에 마음의 빗장을 풀고 닫힌 창문을 열어야 하겠습니다. 여름 내내 짜증스러웠던 일상도 갈바람에 훌훌 날려 버리고 거기 빈 마음에 예수님의 마음을 듬뿍 담아야겠습니다.

가지각색의 꽃들이 모여 예쁜 꽃밭을 일구듯이, 높은 소리 낮은 소리가 하나 되어 합창을 이루듯이, 개성이 다른 나와 네가 모여 우리가 될 때, 거기에 하나님의 나라가 이루어질 것입니다, 아멘.

"하나님이 그 지으신 모든 것을 보시니 보시기에 심히 좋았더라(창 1:31)."

06.09.17.

# 만추(晚秋)

불이 탄다
산이 탄다
산마다 불이 타고 있습니다

귀향해야 할 시간
쫓기듯 황급히 떠나는 자리에
나래를 펴고
가을 향기가 되겠습니다

떨어진 낙엽 되어
밟힐 때는
바스락바스락 소리 되어
가을 노래를 부르겠습니다
하나님 아버지
우리네 만추도
저토록 아름답게 타오르게 하소서, 아멘.

"시간을 아끼십시오. 이 시대는 악합니다(엡 5:16)."

06.10.29.

# 감사(感謝)

가을은 감사의 계절입니다. 좋으신 하나님은 별빛 주심에 감사하면 달빛을 주시고 달빛 주심에 감사하면 햇빛을 주시고 햇빛 주심에 감사하면 천국을 주십니다.

하나님 아버지, 감사가 있는 곳에 찬양이 넘치게 하시며, 나눔이 있는 곳에 기쁨이 넘치게 하시며, 자족함이 있는 곳에 부유함이 넘치게 하소서 절제가 있는 곳에 참사랑이 익어 가게 하소서.

주여, 노을 비낀 가을 들녘에서 텅 빈 심령으로 주님을 우러르는 저희를 긍휼히 여기사, 욕망이 떠난 그 깊숙한 빈구석을 감사의 은총으로 가득 채워 주소서, 아멘.

"그리스도의 평안이 여러분의 마음을 다스리게 하옵시오. 평안을 위해 여러분은 한 몸으로 부르심을 받았습니다. 그리고 여러분은 감사하는 사람이 되십시오(골 3:15)."

06.11.19.

# 마지막 잎새

11월의 달력을 넘기면서
오 헨리의 마지막 잎새가 생각납니다

후딱 지나온 시간을 돌아보니
만나고 헤어진 수많은 사연도
세월만 홀로 남고
마지막 잎새처럼 한 장 남은 달력에
이제 2006년을 정리해야 할까 봅니다

하나님 아버지
주님의 오심을 기다리는 계절에
"마라타나의 주 예수여, 오시옵소서"에서
"주님 언제 오시렵니까" 간절함으로 바뀌는
성도들의 심정을 이해할 수 있을는지요? 아멘.

"이 모든 것을 증거하신 분이 말씀하십니다. '내가 속히 가겠다.' 아멘. 주 예수님 어서 오십시오(계 22:20)."

06.12.03.

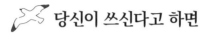 # 당신이 쓰신다고 하면

나귀 새끼 쓰신 예수님께서
보리떡 같은 내 인생도 당신이 쓰겠다고 하시니

하나님 아버지 감사합니다
우리는 모두 주님 앞에 설 수 없는 사람들입니다

하지만 주의 성령을 우리에게 부어 주시고
감히 하나님을 아버지라 부르게 하시니 감사드립니다

우리로 하여금 이 땅에서 사는 목표와 의미를 깨닫게 해 주시고
꿈과 비전을 심어 주시니 감사드립니다

30살이 넘도록 기형으로 있는 대탄갈릴리가
이제 성장 촉진제(권사임직)를 맞으려고 합니다
후유증 없게 하시고
쑥쑥 자라나게 하소서
하늘에 닿도록 말입니다, 아멘.

"죽도록 충성하라 그리하면 생명의 면류관을 네게 주리라(계 2:10)."

07.02.04.

# 사순절

　사순절이 시작됩니다. 이 기간 하나님께서는 우리의 지으신 본래의 모습을 되찾길 바라십니다. 아직까지 내 안에 내가 너무 많습니다. 재의 수요일로 시작되는 사순절! 자아가 성령의 불에 녹아 한 줌의 재로 남을 때 예수님은 피 흘리신 모습으로 우리는 찾아오실 것입니다. 그분에 대한 열정으로 자신을 온전히 태워 버려 더 이상의 아무것도 없는 존재가 된다면, 그것은 새로운 부활의 봄을 위한 거름이 될 테니까요.

　하나님 아버지, 모세의 미디안 광야 처가살이 40년도 출애굽 한 이스라엘 백성들의 광야 40년도 예수님 공생 전 금식한 광야 40일도 하나님의 계획하심이 있었듯이, 사순절 나를 죽이고 예수님 살리는 계절이 되게 하소서, 아멘.

　"내가 그리스도와 함께 십자가에 못 박혀 죽었으므로 이제는 내가 사는 것이 아니라 내 속에 그리스도께서 사시는 것입니다. 지금 나는 나를 사랑하시고 나를 위해 죽으신 하나님의 아들을 믿는 믿음으로 살고 있습니다(갈 2:20)."

07.02.25.

# 봄이 오는 길

교회 옆 언덕 베기에 한 포기 연산홍이 활짝 피었습니다.

그런데 오는 봄을 시샘이라도 하듯 간밤에 다녀간 불청객 때문에 예쁜 꽃잎이 파르르 떨고 있습니다.

너무 서두르지 않았다면 봄맞이를 함께 할 텐데 떨고 있는 꽃잎 새가 가슴을 저밉니다.

그래도 봄은 오나 봅니다. 꿈틀꿈틀 대재가 기지개를 켜고 파릇파릇 생명이 고개를 내밉니다.

우리 모두 손 맞잡고 봄 마중을 갑시다. 거기에 부활도 함께 올 테니까요!

"예수께서 가라사대 나는 부활이요, 생명이니 나를 믿는 자는 죽어도 살겠고 살아서 나를 믿는 자는 영원히 죽지 아니하리라. 이것을 네가 믿 느냐(요 11:25)."

*07.03.11.*

## 벚꽃

춘설 비집고 찾아온 손님 흰 드레스 너풀거리며 하늘 한가득
밤새 몰래 살며시 춘풍과 길동무 하고파 온 세상 가득
심통 난 봄 새악시가
질투의 비를 뿌리니
낙화유수(花流水)로다.

하나님 아버지, 그토록 눈부시게 아름답던 벚꽃이 몇 날이 못 되어
바람에 흩날리고 있습니다. 세상사 부귀영화도 이와 같이 일장춘몽이
아닐는지요? 벚꽃이 떨어진 잎새에 파릇파릇 새싹이 돋아나고 있듯이,
예수꾼들은 죽음을 넘어서 부활의 소망으로 영생을 사는 하늘에 속한
사람들입니다, 아멘.

"모든 인간은 풀과 같고 그 영광은 들의 꽃과 같아서 그 풀이 마르고
꽃은 떨어지나 주의 말씀은 영원히 존재한다. 이 말씀은 우리가 여러분
에게 전한 기쁜 소식입니다(벧전 2:24-25)."

07.04.15.

# 갈릴리

갈릴리야! 갈릴리 너의 이름 아름답다. 바닷가로 모여든 수많은 무리에게 사랑의 구주 예수 자비를 베푸셨네.

굶주린 무리를 배불리 먹이시고 갇힌 자에게는 해방을 눈먼 자에게 에바다 앉은뱅이에게 일어나 걸어라.

수고하고 짐 진 자 내게로 오라 오늘도 부르시는 주님의 음성에 주 앞에 나옵니다. 날 고쳐 주소서, 아멘.

"수고하고 무거운 짐 진 자들아 다 내게로 오라 내가 너희를 편히 쉬게 하겠다(마 11:28)."

07.04.29.

# 🕊 돌리고 돌리고

서울 시청 앞 광장에서 청교도 영성훈련원이 주관한 호국 기도회에 참석하고 돌아오는 길이었습니다. 먼 길 생각하고 행사가 끝나기도 전에 서둘러 청계천을 살짝 보고 돌아왔습니다. 중앙고속을 타기로 하고 여주휴게소에 쉬었다가 내려왔습니다.

그런데 그만 길을 잘못 들었습니다. 한 참 후에야 알았지만, 영동선을 타고 강릉으로 오고 만 것입니다. 중앙고속으로 오면 늦어도 저녁 9시면 교회에 도착하는 데 무려 11시가 되어서야 도착했습니다. 강릉으로 내려 어두운 밤길 오느라 몇 번인가 길을 잘못 들어 돌고 돌아왔기 때문입니다.

조심성 없이 덤벙대는 내 탓에 함께 간 교인들이 무척 고생했습니다. 행사가 끝나기도 전에 일찍 나오고 평화시장에도 들르겠다고 한 교인들과의 약속을 깬 하나님의 벌이었을까요? 무려 10시간이 넘게 운전한 탓에 육체적인 피곤에다가 돌고 돌아오는 길에 정신적인 피로까지 겹쳐 한마디로 파김치가 되어버렸습니다.

하나님 아버지! "싸다, 싸!" 하나님의 음성으로 듣겠습니다. 회개합니다, 아멘.

07.06.10.

# 아버지의 기도 덕분입니다

'우리에게는 어찌 귀신을 쫓아내는 권세가 없습니까?'라는 제자들의 물음에 '기도밖에는 다른 류가 없느니라.' 주님은 말씀하셨습니다. 오매불망 병원을 시작하는 아들 걱정에 매일 핸드폰으로 기도해 주자는 아내의 제안을 받고 시작한 지 어언 8개월.

"아들아! 병원에 손님을 좀 오니?"
"예, 아버지 제법 오고 있습니다. 모두가 아버지의 기도 덕입니다."
"아니다. 전적으로 하나님의 은혜란다. 너도 그렇게 믿니?"
"그럼요, 아버지!"
"그래. 고맙다, 아들아! 그것이 믿음이란다."

하나님의 뜻에 부모의 마음과 아들의 마음이 하나가 되는 순간이었습니다. 하나님 아버지! 진정 감사합니다.

"이르시되 기도 외에는 다른 것으로 이런 류가 나갈 수 없느니라(마 9:29)."

07.07.01.

# 故 배○구 목사 심○민 님

　당신들이 떠날 때는 여객 터미널을 이동했지만 돌아올 때는 화물 터미널로 돌아왔습니다. 영혼 없는 육신은 더 이상 생명 아니고 짐짝일 따름입니다. 탈레반이 수많은 총알을 머리부터 발끝까지 들쑤셔 놓았다 할지라도 그들의 영혼마저 죽이지는 못했습니다.

　이제 배○구 목사님과 심○민 형제님의 영혼은 아버지의 품 안에서 쉼을 누리며 오히려 우리를 위해, 무엇보다 남은 피랍자 동료들을 위해 기도하고 있을 것이 분명합니다.

　토마스 선교사가 대동강 변에서 성경책 한 권 건네주고 강물을 피로 적신 것도, 스데반이 길에서 돌아 맞아 죽은 것도, 세례요한이 헤롯에게 목 베임을 당한 것도 당시에는 실패한 것처럼 보였지만 순교의 피가 흐르는 곳에는 분명히 생명 살리는 구원의 능력이 나타난 것을 역사가 증명하고 있지 않습니까?

　머지않아 아프간이 평화의 땅 복음의 땅으로 변화될 것입니다. 당신들은 비록 짧은 인생을 살고 갔지만, 영원을 사는 사람들입니다. 유족들도 당신의 뜻을 따라 시신조차 의학용으로 기증하셨습니다. 그리고 초신자였던 심○민 형제의 아버지는 아들의 뜻을 따라 예수님을 구주로 영접했답니다. 할렐루야!

　이제 하늘나라에서 편히 쉬십시오. 남은 저희가 당신들의 순수함과 열정 그 사랑을 닮고자 오늘을 살겠습니다, 아멘.

07.08.05.

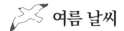 # 여름 날씨

여자의 마음처럼 변덕스럽다
동에 번쩍 서에 번쩍 우르르 쾅쾅
하늘 둑이 무너져 물동이를 쏟아붓듯이
우박을 동반한 폭우가 낙뢰의 경호를 받으며
온갖 심술을 부린다

피서 온 사람들이 게릴라와 전쟁을 하는 사이
밝은 해가 언제 그랬냐는 듯 얼굴을 내밀고 "용용 죽겠지"
하늘에는 흰 구름이 바람을 타고 여행을 떠난다

하나님 아버지
우리 인생도 여름 날씨와 같습니다
폭우가 지나간 자리에 해맑은 하늘이 있듯이 말입니다
환난의 날에 피난처 되시는 하나님의 날개 안에 품어 주시고
남은 인생길 성령의 바람을 타고 여행길 가게 하소서, 아멘.

"하나님은 우리의 피난처시오 힘이시니 환난 중에 만날 큰 도움이시
라(시 46:1)."

07.08.12.

# 억새

할머니들을 모시고 나오미 집을 나서면, 들판 곳곳에서 억새들이 흰 머리를 흔들며 인사를 합니다. 그래, 그래, 고맙다.

지금 고난이라는 바람이 불어와도 포기하지 마십시오. 갈바람을 타고 꺾일 것 같던 억새들이 다시 일어서는 것처럼 인생도 '상실과 회복'의 반복입니다. 잃었다는 것들 때문에 절망에 빠져 있지 않습니까? 상실은 모두 끝났다는 의미가 아니라 오늘도 살아있다는 것의 증거이기도 합니다.

회복하게 하시는 성부 하나님이 우리 아버지가 되시고, 성자 예수님이 우리 주님이 되시고 성령님의 기름부음이 내가 임할 때 우리는 두려울 것이 없습니다. 쓰러져도 억새처럼 다시 일어설 수 있기 때문입니다, 아멘.

"일어나세요. 주님이 계시잖아요. 지금은 너희가 근심하나 내가 다시 너희를 보리니 너희 마음이 기쁠 것이요, 너희 기쁨을 빼앗을 자가 없느니라(요 16:22)."

07.10.21.

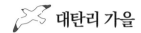 대탄리 가을

오징어 떼
푸른 파도 가르고
갈매기 날갯짓에
만선의 깃발이 나부끼네

풍차가 돌리는 팔랑개비
갈바람이 억새 사이로 흐르고 산천초목 연지 찍고 곤지 찍고
아이 부끄러워

마을 어귀 해변가 오징어 피드기
긴 발 뻗진 채 손님을 기다리고
가을것이 올망졸망 골목마다 한가득

에헤디야 풍년일세
대탄마을 에헤디야
주신 은혜 감사하세
하나님께 감사하세, 아멘.

"여호와께 감사하라 그는 선하시며 그 인자하심이 영원함이로다(시
106:1)."

07.11.11.

# 본향을 향하여

말씀의 신을 신고 찬양의 옷을 입고
기도의 지팡이를 짚고
오늘도 저 본향을 향하여 한 걸음 또 한 걸음

때로는 말씀의 신이 벗겨져
돌부리에 걸려 넘어져도
때로는 찬양의 옷이 비바람에 젖어도
때로는 기도의 지팡이를 놓쳐 넘어져도
다시 일어나 한 발자국 또 한 걸음

험난한 길 다 간 후 내 본향에서 승리의 깃발을 꽂는 날은
소망의 기도손 감사의 노래 되고
슬픔의 기도손 기쁨의 노래 되리!

가자!
그곳 아버지의 집
오늘도 본향을 향하네!

"이제 후로는 나를 위하여 의에 면류관이 예비되었으므로 주는 의로
우신 재판장이 그날에 내게 주실 것이니 내게만 아니라 주의 나타나심
을 사모하는 모든 자에게니라, 아멘(딤후 3:8)."

07.11.25.

#  겨울을 기다리며

한잎 두잎 나뭇잎이 낮은 곳으로
자꾸 내려앉습니다
세상에 나누어 줄 것이 많다는 듯이
붙잡아두고 싶은 계절이 그렇게 가고 있습니다.

지난주 금요일 기도 부탁을 받고 포항역 마당에 갔습니다. 선한 이웃이라는 단체가 노숙자들과 행인들에게 밥을 주고 있었습니다. 오후 5시 쌀쌀한 날씨 탓에 저들은 마음도 몸도 떨고 있는 것 같았습니다. 저와 아내도 말미에 줄을 섰습니다. 늘어선 무리 속에서 저는 예수님을 보았습니다.

오실 예수님을 기다리는 대림절입니다
높고 높은 영광의 자리를 버리시고
낮고 천한 자리로 내려와 섬기러 오신 주님
겨울나기 힘겨운 이웃들이 우리 곁에는 아직도 많습니다, 아멘.

"내가 너희를 불쌍히 여김과 같이 너도 내 동관을 불쌍히 여김이 마땅치 아니하냐? 하고(마 18:33)."

07.12.02.

# 🕊 저녁송

조용한 어촌 교회에 기쁨의 교회 예수꾼들이 찾아왔습니다. 요셉순의 가족들이 먹거리와 푸짐한 상품도 준비해서 왔습니다. 적막한 교회를 깨우고 잠자던 마을도 깨웠습니다. 함께 식사를 나누고 예배를 드리고 윷놀이도 했습니다. 모두 하나님 안에서 하나가 되었습니다. 그리고 새벽송이 아닌 저녁송을 돌았습니다. "기쁘다 구주 오셨네, 만백성 맞으라."

교인들의 가정과 전도 대상자의 가정 그리고 골목 골목을 예수의 이름으로 찬양을 부르며 밟았습니다. 찬양을 부르는 성도들 찬송 소리를 듣고 불을 켜고, 뒤늦게 쫓아 나와 감사 봉투를 전하는 모두의 모습 속에 예수님의 마음을 보았습니다. 마을 전체가 복음화가 되어 교회 나오지 않고는 공동체로 살아갈 수 없는 거룩한 욕심을 꿈꾸어 봅니다. 새해에는 무엇인가 잘될 것 같습니다. 하나님이 우리의 기도를 들어 주셔서 예수님을 믿는 대통령도 주시고 우리네 살림살이도 좋아질 것 같습니다. 그리고 무엇보다 우리 교회가 부흥되어야 하지 않겠습니까? "여! 수년 내 부흥을 주시옵소서. 진보를 보이게 하옵소서!" 아멘.

"하나님이 보우하사 우리나라 만세 대탄갈릴리교회 만만세!"

08.01.06.

# 동행

"혼자는 아니다 / 누구도 혼자는 아니다 / 나도 아니다 / 실상 하늘 아래 외톨이로 서 보는 날도 / 하늘만은 함께 있어주지 않던가 / 삶은 언제나 / 은총의 돌층계의 어디 쯤이다 / 사랑도 매양 / 섭리의 자갈밭의 어디 쯤이다[2]."

김남조 시인이 〈설일〉이라는 작품에서 고백한 시구입니다. 인생은 누구나 혼자라는 것을 생각하면 고독과 외로움을 느낀다고 합니다.

그러나 우리는 모두 결코 혼자가 아닙니다. 외톨이로 서는 삶의 돌층계에도 하나님은 은총의 놀라운 섭리로 함께 하시기 때문입니다. 그분으로부터 숨고 싶은 날에도, 부끄러움으로 내가 나를 떠나고 싶어도, 그분이 나를 찾으시며 애태우시기 때문입니다. "주 떠나가시면 내 생명 헛되네." 찬송가 가사처럼 그분이 나와 함께하심을 믿는다면 살맛 나는 세상이 되지 않겠습니까? 아멘.

"내가 너희에게 분부한 모든 것을 가르쳐 지키게 하라 볼지어다. 내가 세상 끝날까지 너희와 항상 함께 있으리라 하시니라(마 28:20)."

08.02.03.

---

2) 김남조, 〈설일〉

# 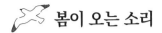 봄이 오는 소리

봄을 연다는 입춘이 지났습니다. 먼 산에 쌓였던 잔설이 보이질 않습니다. 봄이 온다고 말하기는 아직 겨울에게 미안한 인사입니까? 그러나 겨울이 물러갈 준비를 하는지 바람 속에 속삭이는 것이 느껴집니다.

2월은 봄과 함께 이명박 정부가 시작됩니다. 우리네 살림살이도 좀 나아졌으면 좋겠습니다. 서민들의 주름살도 펴졌으면 더욱 좋겠고요.

사회 전반에 화가 난 소리가 아닌, 봄 색시의 밀어가 소곤소곤 꽃샘추위를 빨리 쫓아버렸으면 더더욱 좋겠습니다. 하나님이 보우하사 우리나라 만세가 되도록 말입니다.

오직 공법을 물같이 정의가 하수같이 흐르는 하나님의 나라가 이 땅에 이루어지기를 간절히 소망해 봅니다, 아멘.

"오직 공법을 물같이 정의를 하수같이 흘릴지어다(암 5:24)."

08.02.10.

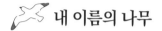 # 내 이름의 나무

지금부터 3년 전 이맘때인 것 같습니다. 몇 명 안 되는 교인들의 이름표를 붙여 나무를 심었습니다. 매실나무와 자두나무 그리고 앵두나무 배나무 감나무 대추나무는 한 그루씩 심었는데 대추나무와 감나무는 죽고 다른 나무는 그런대로 산 것 같습니다.

서투른 솜씨에 가지치기도 하고 거름도 주었더니 꽃이 핀 것을 보니 열매도 맺을 것 같습니다. 올해는 무슨 나무를 심을까 하다가 텃밭을 일구어 두릅나무를 심었습니다. 땅과 나무는 거짓말을 하지 않을 것 같습니다. 3년이란 세월이 지나니까 뿌리도 내리고 꽃이 피는 것을 보니 탐스러운 열매도 달리지 않겠습니까?

하나님 아버지, 심어 놓은 나무가 때가 되면 열매를 맺듯이 우리의 신앙도 연륜이 지나면 성령의 열매가 맺게 하시옵소서. 사랑과 희락과 화평과 오래 참음과 자비와 양선과 충성과 온유와 절제의 열매를 말입니다. 아멘.

"아름다운 열매를 맺지 아니하는 나무마다 찍혀 불에 던지우느니라 (마 7:19)."

08.04.06.

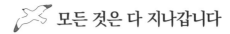 # 모든 것은 다 지나갑니다

삶이 벅찰 때, 이 말을 떠올리면 위로가 됩니다. 지금 고난 중에 또는 영광 중에 있어도 모든 것은 다 지나간다는 것을 기억하시기 바랍니다.

지난주일 교회 가는 길에 서정석 장로님 병문안을 갔습니다. 며칠 전 갔을 때는 손과 발을 의자에 묶어 두었는데 그날은 다 풀어 놓았습니다. 벌써 자기 몸을 스스로 움직일 수 없을 정도로 기력이 없었습니다.

"장로님, 장로님." 아무리 불러도 눈을 뜨지 않기에 인위적으로 뜨게 하였습니다. 쳐다보는 눈이 벌써 삶을 포기한 듯 보였으나 무언가 간절히 호소하는 듯하였습니다. 나를 알겠느냐고 물었더니 입술은 움직이면서도 말소리는 들리지 않았습니다. 그러나 그 뜻은 "미안하다, 부탁한다."가 아닐까 하는 생각이 들었습니다.

그날 밤 10시가 되어서 하나님의 부르심을 받았다는 연락을 받았습니다. 그렇게 장로님이 천국에 가셨습니다. 장로님의 우직한 보수적인 신앙관 때문에 우리에게 미안한 마음을 가지셨을 것입니다. 그리고 아직도 성숙하지 못한 우리들의 신앙이 미덥지 않으셨을 것입니다. 그래서 떠나시면서 미안하다 부탁한다. 그렇게 말씀하셨을 것 같습니다.

사랑하는 장로님, 남아 있는 저희는 장로님의 하나님 사랑을 입니다. 이제는 모든 것 다 잊으시고 하나님 품 안에서 편히 쉬십시오. 저희도 곧 뒤따라 장로님이 계신 천국에 가게 될 것입니다. 그리고 그곳에 갈 준비를 하면서 열심히 살겠습니다. 사람의 하나님, 우리 장로님 꼭 안아주십시오. 그리고 우리도요, 아멘.

08.04.13.

#  自由

36년간 일본의 강점하에서 우리 민족의 정신은 "자유가 아니면 죽음을 달라!"였습니다. 어제는 4·19 항쟁이 48주년을 맞는 날이었습니다.

당시에 도시 거리는 자고 나면 학생 데모로, 경찰들이 쏘아대는 최루탄 가스로 하루도 조용한 날이 없었습니다. 수많은 젊은이의 희생의 대가로 자유민주주의를 향한 민권이 승리한 날이었습니다. 그래서 대한민국 헌법 전문은 3·1운동과 4·19 이념을 계승할 것을 건국과 이상과 헌법정신으로 규정하고 있습니다.

하나님 아버지, 참 자유를 누리고 싶습니다. 죄로부터 자유로움을 얻게 하소서. 자신으로부터 자유를 누리게 하소서. 세상으로부터 진정한 자유를 얻게 하소서. 참 자유는 하나님 안에 있을 때 누릴 수 있다는 것을 믿습니다. 이것이 부활의 신앙이 아닐는지요, 아멘.

"진리를 알지니 진리가 너희를 자유케 하리라(요 8:32)."

08.04.20.

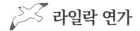 # 라일락 연가

연보랏빛 고운 환상의 연주곡
꽃잎 하나하나에 가슴 터지는 찬란한 오월

야훼 당신의 채취에 넋을 잃고
창 앞에 쏟아지는 꿈 꾸는 눈빛으로 편지를 쓴다

사랑과 슬픔으로 못다 쓴 사연은
이루지 못한 아픔으로 영글고

미풍으로 접어 보내는 연연한 애수(哀愁)만으로
황홀하여 하늘빛 사르는 몸짓

끝없이 머물고 싶은 마음 가득히
꽃잎에 담아보는 이 봄날에….

"땅과 거기 충만한 것과 세계와 그중에 거하는 자가 다 여호와의 것
이로다, 아멘(시 24:1)."

08.05.04.

# 손주에게

할아버지, 할머니 하룻밤 더 자고 가면 안 돼요

지금 네가 배운 사랑

더도 덜도 말고 그리 살아라

가여운 이들 하도 많아

그래도 너 혼자 가지 마라

네 몫으로 받은 사랑 다 하기로서니

뒤돌아보는 이 없어도 설핀 맘 채우려무나

하나님 아버지

내 것만 챙기려는 촛불은 언제 끄시렵니까

진보와 보수, 심지어 종교까지 편 가르려 하는

악한 무리를 물리쳐 주옵소서

창조주께서 두 개의 눈을 주신 것은 한쪽은 自身을 보고

또 다른 쪽은 나 아닌 다른 것을 보게 하려고 주신 것을….


"사랑하는 자들아 하나님께서 이같이 우리를 사랑하셨은즉 우리도 서로 사랑하는 것이 마땅하도다(요일 4:11)."


08.07.06.

# 학(鶴) 권사님

학이란 새는 희고, 목이 깁니다. 몸을 움직일 때도 긴 목을 뽑아 주위를 관망하고 날갯짓을 하곤 합니다.

우리 교회에는 학 같은 권사님이 계십니다. 인격이 고매한 사람을 학 같은 사람이라고 합니다. 조용하면서도 인품이 고매한 권사님에게 꼭 맞는 별칭인 것 같아 그렇게 붙여 본 것입니다. 권사님은 건강이 좋지 않습니다. 그러나 다른 사람이 마음 쓸까 봐 가급적 아픈 티를 내지 않습니다.

올해 사순절을 시작하면서 새벽기도 때 성경 읽기를 시작했는데 하루도 빠짐없이 연속적으로 이어오신 분이 학 권사님 한 분이십니다. 바라기는 골골 팔십이라 했듯이, 질병과 친구삼아 오래오래 사시면서 초신자들에게는 멘토 되시고 저에게는 위로를 주는 파트너가 되었으면 말입니다.

"우리가 살아도 주를 위하여 살고 죽어도 주를 위하여 죽나니 그러므로 사나 죽으나 우리가 주의 것이로라(롬 14:8)."

08.07.20.

# 여름

뜨거운 빛이 작렬하는 무더운 여름입니다. 연일 35도를 오르내리는 열기는 도시 아스팔트를 녹일 듯 이글거립니다.

목회자에게 월요일은 해방의 날입니다. 자유로움 때문에 몸도 마음도 가볍기 때문입니다.

시내에 볼일이 있어 자동차를 탈까 자전거를 탈까 견주다가 여름을 느끼려고 걷기로 했습니다.

여기저기 이 사람 저 사람을 만나다 보니 정오가 되었습니다. 육거리에서 기쁨의 교회까지 걸어오는데, 하늘에서 내리쬐는 태양 빛과 땅에서 올라오는 열기 틈새에 끼어 몸에서 물이 줄줄 흐르고 있었습니다. 역시 여름은 땀을 흘려야 제맛이 납니다. 기분이 좋은 걸 보니까요.

여름, 더위, 땀, 하나님 감사합니다. 아멘. 하나님 아버지! 때에 따라 따뜻하고, 덥고, 시원하고, 추운 춘하추동의 계절을 주신 하나님을 찬양합니다, 할렐루야.

"대저 여호와는 크신 하나님이시요 모든 신위에 크신 왕이로소이다 (시 95:3)."

08.07.27.

# 할아버지의 소원

보고 싶던 아들이 휴가차 손주들을 데리고 내려왔습니다. 아들과 며느리를 애들로부터 휴가를 주기로 했습니다. 할머니는 공부하느라 아이들은 내 차지가 되었습니다.

2박 3일 동안 풍차 구경도 하고 바다에 가서 가재도 잡았습니다. 손주들이 즐거워하는 모습을 보니 할아버지도 행복했습니다. 수요예배를 드리면서 손자는 목사님이 되고 손녀는 선생님이 되는 것이 할아버지의 소원이라고 했습니다.

예배를 마치고 돌아와 손자가 "할아버지! 저는요 목사님이 아니고 의사가 될래요." 하고 말했습니다. 아버지 목사가 너무 바빠 자기들과 놀아주지 않아 평소에 불만이 많았던 모양입니다.

하나님 아버지! 아들 목사님이 하나님 마음에 합한 충성스러운 종이 되게 하소서, 아멘.

"네가 죽도록 충성하라 그리하면 생명의 면류관을 네게 주리라(계 2:10)."

08.08.03.

# 🕊️ 천사(天使)

지난 주간 천사 두 명이 우리 집에 찾아왔습니다. 초등학교 4학년인 동욱이와 동규, 남자아이입니다. 애육원에 살고 있는 아이들에게 꿈을 심어주기 위해서 학교 담임 선생님이 데리고 온 것입니다. 손주들에게 하는 것처럼 해 달라는 딸의 부탁에 최선을 다해서 섬겼습니다.

과학자가 꿈이라는 동욱이와 운동선수가 꿈이라는 동규에게 이번 여행이 좋은 추억으로 남았으면 참 좋겠습니다. 무엇보다 그들의 가슴 속에 예수님의 큰 사랑이 자국으로 자리매김했으면 하는 것이 딸 한나와 우리 부부의 작은 소망입니다. 아멘.

"누구든지 제자의 이름으로 이 소자(小子) 중 하나에게 냉수 한 그릇이라도 주는 자는 내가 진실로 너희에게 이르노니 그 사람이 결코 상을 잃지 아니하리라 하시니라(마 10:42)."

08.08.10.

##  여행 첫날

　오후 일곱 시가 되어서야 일행을 태운 페리는 긴 고동을 울리면서 서서히 움직이기 시작했다. 선상에서 저녁을 먹고 밤바다를 느끼기 위해 혼자 몰래 선창가로 나왔다.

　저녁노을이 수평선으로 아름답게 지는 햇살 아래 눈 앞에 펼쳐진 아름다운 야경. 영종도를 잇는 아세아에서 제일 길다는 공사 중인 다리, 띄엄띄엄 가까이 또는 멀리 보이는 섬들, 멀어져가는 인천 시가지, 물살을 가르며 미끄러져 가는 밤 배. 거기에 내가 실려 있다는 생각을 하니 하늘을 나는 듯 기분이 좋았다. 나는 기분이 들떠 두 팔을 벌려 찬송을 부르기 시작했다.

　"참 아름다워라, 주님의 세계는. 주 하나님 지으신 모든 세계."

　어느샌가 아내와 일행 몇 사람이 함께했고 선창 음악회가 열렸다. 아, 목동들의 피리 소리들은 일송정, 해는 져서 어두운데 목련화, 밤바다를 소리 없이 미끄러져 가는 배, 흘러가는 물살, 날아가는 노랫소리. 항해에 하모니가 되어 천지에 가는 첫날 밤은 이렇게 깊어만 갔다, 아멘.

　하나님 아버지! 백두산을 여행할 수 있도록 은혜를 주셔서 감사합니다.

08.08.31.

## 🕊️ 백두산 천지를 다녀와서

### 첫째 날(08.07.) 집을 떠나

꿈은 이루어진다던 히딩크의 말이 생각났다. 꼭 한번 가 보고 싶던 백두산을 내가 가게 될 것이라고는 꿈에도 생각을 못 한 것이다. 소풍 가기 전날 밤잠을 설치던 어린 시절에 설레던 마음을 딸 하나에게 들켜 버려 초등학생 같다는 핀잔도 싫지가 않았다. 약속된 시간보다 무려 30분이나 먼저 제일교회에 도착해서 일행을 기다리던 관광버스에 몸을 실었다.

일행은 30여 명이 넘었지만 몇 사람을 빼고는 모두가 아는 얼굴이다. 포항에서 인천까지는 무려 5시간이 넘게 소요되었지만, 정담을 나누다 보니 지루한 줄 모르고 인천항에 도착할 수 있었다. 먼저 와서 우리를 기다리던 여행사 이○우 장로님의 안내를 받아 중국 대련까지 갈 훼리호에 몸을 실었다. 우리가 타고 갈 배인 '훼리'는 한중 합자회사의 배로, 생각보다 그리 크지 않았다. 우리가 묵을 선실은 207호실로 2층이었고 정원이 11명으로 일행 8명이 쓰게 되어 있어 나는 바다가 내려다보이는 창가에 짐을 풀었다.

오후 7시가 넘어서야 우리 일행을 태운 페리는 긴 고동을 울리면서 서서히 움직이기 시작했다. 선상에서 저녁을 먹고 나는 혼자 밤바다를 느끼기 위해 선창가로 몰래 나갔다. 저녁노을이 아름답게 지는 햇살 아래, 국제공항 영종도로 잇는 공사 중인 건 다리, 띄엄띄엄 멀리 보이는 섬, 멀어져 가는 인천 야경, 물살을 가르며 미끄러져 가는 밤 배. 거기에 내가 실려 있다고 생각하니 하늘을 나는 듯 기분이 좋았다. 나는 혼자 두 팔을 벌려 찬송을 부르기 시작했다. "참 아름다워라, 주님의 세계는." 주 하나님이 지으신 모든 세계 어느샌가 아내와 동료들도 함께했고 선창 음악회가 열렸다. 아, 목동에 피리 소리는 목련화, 일송정 해는 져서 어두운데 밤바다를 미끄러져 가는 배, 흘러가는 물살, 바람 따라 날아가는 노랫소리들은 모두 항해 길의 하모니가 되어 천지에 가는 첫날 밤은 깊어 가고 있었다.

### 둘째 날(08.08.) 중국 대련시

창문 커튼을 젖히니 성들이 보이기 시작했다. 깊은 잠을 잔 덕분인지 기분이 좋았다. 선상에서 아침을 먹고 수속을 마치고 하선하니 거의 10시가 되어 가고 있었다. 현지 가이드에 안내를 받아 중국 관광버스에 몸을 실었다. 가이드의 안내에 의하면 오늘은 백두산에 오르기 위하여 근처에 있는 통화시로 가는데 종일 차를 타고 가야 한다고 했다. 일자로 쭉 뻗은 도로와 끝없이 펼쳐지는 옥수수밭 옛날에 본 수수밭이란 중국 영화가 생각났다.

통화로 가는 길목인 심양에 들러 서탑가 한인 거리에서 중식을 먹기로 했다. 지금의 심양은 옛날 봉천으로, 우리의 조상들이 살던 곳이라 지금도 조선족들이 많이 살고 있어 상점 간판에 한글이 많이 보였다. 그래서 그런지 우리나라의 시가지를 걷는 기분이 들었다. 저녁 10시가 넘어서야 숙박지인 통화시 호텔에 여정을 풀었다. 공간이 좁은 관광 버스를 무려 8시간 넘게 탔으니 몸은 파김치가 되었지만 가도 가도 끝없이 펼쳐진 옥수수밭의 푸르름이 산소를 공급했는지 기분 좋게 잠자리에 들 수가 있었다.

### 셋째 날(08.09.) 천지를 오르면서

드디어 꿈에도 그리던 백두산 천지에 오르는 날이다. 6시에 호텔에서 아침 식사를 하고 버스에 올라 백두산을 향했다. 많은 사람이 천지를 보려고 오지만 선택된 사람만이 볼 수 있다는 민족의 영산 백두산 천지, 우리가 한 기도의 응답으로 날씨는 초가을처럼 너무나 좋았다. 약 40분가량 버스를 타고 백두산 중턱에 올라 하차하여 1,300여 개의 돌계단을 오르니 거기에 천지가 우리를 기다리고 있었다. 우리 일행 중 몇 사람이 힘듦을 이겨 내지 못하고 인력거를 이용하기도 했지만 나는 '하나님, 중국 땅이 아닌 북한 땅으로 백두산에 오를 수 있도록 남북통일을 주소서.'라고 기도를 하며 한 계단 한 계단을 오르다 보니 정상에 오르게 되었다.

산 밑이 한눈에 들어오는 천지. 누가 알려 주지 않아도 '아, 저기가 천지구나.'라는 생각이 들었다. 감탄, 감탄, 그 자체였다. 눈 앞에 펼쳐진 황홀경에 할 말을 잊었다. 오른쪽 지역은 북한과 줄 하나로 경계를 나누고 있었으며, 화산재가 눈처럼 덮인 것 같은 흰 산이었다. 천지에 오르기 전에 가이드의 간곡한 부탁이 있었다. 단체로 기도하지 말 것, 찬송도 부르지 말 것 즉, 다른 사람이 볼 때 명백히 종교 행위라고 할 수 있는 행동을 하지 말라는 것이다. 그런데 일행 중 먼저 올라간 사람들이 너무나 감사해서 둘러앉아 기도하다가 보안요원들에게 잡혀 있었다. 중국은 허가받지 않고는 어떤 종교 행위도 할 수가 없는 종교의 자유가 없는 공산 국가이다. 결국, 우여곡절 끝에 값비싼 대가를 지불하고 풀려나긴 했지만, 당사자들은 천지의 기쁨도 누리지 못하고 죽을 맛이었을 것이다.

천지에 오르는 길은 열세 곳이 있다고 한다. 북한 땅으로 오르는 곳이 여섯이고 중국으로 가는 길이 다섯, 공동구역이 두 곳이라고 했다. 우리가 오른 길은 중국 통화 시에서 오르는 길로 '서파'라고 한다고 했다. 천지를 구경하고 내려오는 길에 동양의 그랜드캐니언이라는 금강대협곡 계곡을 관광했다. 오랜 세월 비바람을 맞으며 풍화작용으로 생긴 계곡은 가지각색 조각을 형상해 놓은 만물상을 방불케 한 신비의 골짜기였다.

### 넷째 날(08.10.) 단결교회에서 주일예배

주일날이다. 두고 온 우리 교회의 예배가 걱정된다. 아침 7시에 버스에 탑승했다. 예정된 관광코스를 포기하더라도 현지 교회에서 예배드리게 해 달라고 가이드에게 간곡한 부탁을 드렸다. 그러나 역시 중국 정부의 허가가 필요했기에 당장은 어렵다고 하여 허가를 받기 전까지 관광하기로 하고 고구려 두 번째 수도였다던 집안으로 이동했다. 지금까지 보던 넓은 들과는 달리 산을 성으로 이룬 산악지대였다. 광개토왕비와 능 그리고 왕의 무덤인 장군총을 관람하였다. 10시가 넘어서야 중국 정부로부터 허가가 떨어져 정부가 인가한 삼자교회에서 예배를 드리게 되었다. 삼자교회란 자치, 자양, 자전을 내세운 중국 당국이 인가한 교회의 교유 명칭이다.

우리가 예배를 드린 단결교회는 한국 교회의 재정 지원을 받아 지은 교회로 규모가 큰 교회였다. 성도는 한족(여진족)이 300명, 조선족이 100여 명 정도이며 한족이 9시에 예배를 드리고 조선족이 10시에 예배를 드려 우리가 도착했을 때는 모두가 집으로 돌아간 후였다. 위원장 김○득 목사님의 인도로 예배를 시작하여 설교는 현지 목사님이신 김○민 목사님이 하셨다. 작년에 안수를 받았다는 김○민 목사님은 31살로 젊은 목사님이셨다. 히 11:1-4 본문을 통해 믿음이란 제목을 가지고 설교를 하셨는데 우려와는 달리 간결하면서도 설득력 있는 감동적인 설교였다. 당국에서 허가된 교회는 집회, 전도 등 모든 종교 행위를 자유롭게 할 수 있다는 담임 목사님의 설명을 들으면서 공산주의 체제 안에서 제한된 종교의 자유를 이해할 수가 있었다. 소고기로 중식을 먹고 집안에 접해 있는 압록강에서 쾌속정을 타고 북한 땅 만포를 조명할 수 있었다. 드문드문 지나가는 북한 주민들을 먼발치에서 볼 수 있었다.

집안을 떠나 다음 유숙지인 단동으로 오게 되었다. 오는 길에 배탈로 볼일이 급하다는 일행들이 있어 읍 단위의 작은 마을의 병원 변소를 이용하게 되었다. 폐교 같은 건물에 복도 양옆으로 진료실과 입원실을 볼 수가 있었는데, 한 마디로 재난 시에 사용하는 임시수용소 같았다.

남녀로 구분된 변소는 60년대 우리가 쓰던 통시와 똑같았다. 땅을 파고 각목 6개를 걸쳐놓고 한 칸에서 3명이 동시에 볼일을 볼 수 있도록 만들었으니 기가 찰 노릇이다. 심지어 분뇨가 쌓여 앉으면 엉덩이에 닿지 않을까 걱정할 정도였다. 그 통시에 풍기는 냄새 또한 50년 전의 어린 시절 향수를 느끼게 했다.

오는 길에 옛날 우리 조상들의 성터였던 국내성을 구경하고 개울 하나 사이에 북한을 두고 있어 '지척'이라고 부르는 곳을 구경하게 되었다. 낮이면 북한 초병들과 대화를 나눌 수 있다는 가이드의 거짓말을 들으며 아쉬움을 남긴 채 유숙지인 단동으로 왔다. 단동의 야경은 한마디로 불야성이었다. 네온사인의 화려함을 보자 서울에 온 것만 같았다. 저녁 식사를 마치고 호텔에 오니 에어컨이 고장 나서 더위가 장난이 아니었다. 낮에 먹은 옥수수가 잘못되었는지 밤새도록 변소에 들락거리다 보니 지겹도록 긴 밤이었다.

### 다섯째 날(08.11.) 신의주 위화도를 바라보며

설사로 변소를 드나드느라 잠을 설쳤고 아침도 먹지 못했다. 단동과 위화도 사이에 있는 압록강에서 유람선을 탔다. 멀리 보이는 위화도, 옛날 이성계가 회군하여 조선 왕조를 세웠다던 곳, 60년대만 해도 단동보다 훨씬 더 잘살았다던 위화도라지만 지금은 죽음의 땅만 같았다. 그리 멀지 않는 강변에 북한 사람들의 일하는 모습이 보였다. 생각에서 그런지 왠지 어깨가 축 처져 있는 것만 같았다. 한국전쟁 때 중공군의 투입 루트를 차단하기 위해 유엔군의 폭격으로 끊긴 조 중 철교는 아직까지 그대로 방치되어 있었다. 끊긴 곳까지 다녀오는 데 8,000위안을 받는다고 하니 돈 앞에는 공산주의도 어쩔 수 없나 보다.

다시 5시간을 넘게 버스를 타고 대련으로 와서 성해 광장에 있는 백년조각상과 러시아거리를 관광하고 시간에 쫓겨 배에 오르니 오후 6시가 넘었다.

## 마지막 날(08.12.) 여행을 마치면서

불편하던 속도 집에 오는 걸 아는지 마음이 편해졌다. 대련에서 만두를 먹은 일행들이 배탈이 난 모양이다. 식탐이 죄지. 나는 점심도 먹지 않고 콜라 한 병으로 때웠다. 돌아오는 뱃길도 갈 때 타고 간 페리호였고 숙소도 올 때 자던 방이었다. 꼭 집에 온 것 같이 평안한 밤이었다. 선상에서 아침을 먹고 선창에 나오니 공사 중인 다리가 눈에 들어왔다. 입항할 때보다 시간보다 연착되어 11시가 넘어서 하선했다. 기다리던 관광버스에 몸을 싣고 점심은 여주 휴게소에서 우거지 국밥으로 먹었다.

"우리 것은 정말 좋은 것이여."

얼마 만에 느끼는 한국 맛인가? 대한민국에 태어나게 하신 하나님께 진심으로 감사하다. 지나온 몇 날 여행을 할 수 있도록 인도해 주신 하나님께 모든 영광을 돌린다. 예비해 주시고 함께할 수 있도록 전도사들을 배려해 주신 노회 북한 통일 선교위원회 위원장 김○득 목사님과 손○익 장로님, 물질적으로 도움을 주신 우주여행사 이○우 장로님, 아낌없는 재정 지원을 해 주신 목사님과 장로님들, 무엇보다 함께 길동무가 되어 행복한 선교 여행이 되게 해 주신 35명의 일행 모두 모두 진심으로 사랑합니다.

하나님 아버지, 우리의 북한 땅에 하루속히 자유를 주시고 무너진 교회를 수축하게 하시고 평화 통일이 되어 동해물과 백두산이 마르고 닳도록 하느님이 보우하사 우리나라 만세가 되게 하여 주시옵소서. 마지막 때에 땅끝까지 복음을 전파할 수 있도록 말입니다. 아멘.

"대한-민국! 짝-짝-짝!"

## 백두산 천지

해발 2,744m 하늘과 땅이 맞닿는 곳
여호와가 친히 만드신 화산호 천지

남북 길이 4.9km, 둘레 13.4km, 평균 수심 204m, 가장 깊은 곳 312.7m

태고의 정기가 서려 영산이라 불렸던

민족의 얼이 담긴 백두산 그 정상에 천지를 품어

압록강과 두만강으로 젖줄이 되어 예까지 흐르니

중국 서파로 1,300 돌계단 오르니

흐르는 땅과 기도가 무게 실어 정상에 서니

눈 앞에 펼쳐진 장관

아, 저기가 천지

아무나 볼 수 없다던 천지

하나님 우리기도 들으시고

천지길 열어 우리 인도하시니

여기가 바로 하나님의 품속이로구나, 아멘.

## 🕊️ 중국에서 주일예배

　주일예배를 드린 곳은 집안에 있는 삼자교회 단결교회였다. 삼자교회란, 중국 당국으로부터 인가된 교회의 공동 명칭이고 자치(스스로 운영), 자양(스스로 양육), 자전(스스로 전도) 중국 당국이 정해준 법 아래서 제한된 종교의 자유를 누리는 교회를 말한다고 했다. 중국에는 당국이 허가한 삼자교회는 손을 꼽을 정도로 적고 지하교회[3]는 헤아릴 수 없이 많다고 했다.

　특히 지하교회 예배에 참석해 보면 우리나라 60년대와 같이 성령의 역사하심이 강력히 일어날 뿐 아니라 땅끝까지 복음이 증거되어야 재림하시리라고 말씀하신 주님의 음성을 현장에서 확인할 수 있을 정도로 예배가 몇 시간씩 뜨겁게 드려진다고 했다. 삼자교회 담임이신 김○민 목사님도 작년에 안수를 받은 31살밖에 안 된 애송이 목회자였지만 복음에 뜨거운 열정은 우리 일행 모두를 감동시켰다, 아멘.

　하나님 아버지! 중국 대륙을 복음화해 주시고 "마라토나" 주 예수여 어서 오시옵소서. 다시 오실 재림의 주님을 기다립니다, 아멘.

08.09.07.

---

3 ) 숨어서 하는 예배

## 천사 나팔꽃

　최 집사님이 가져온 새끼 꽃나무 두 그루가 꽃망울을 맺었습니다.

　여름 더위에 관리 소홀로 거반 죽게 되었습니다.

　집사님의 성의가 고마워 그늘진 곳에 옮겨 놓고 사랑을 쏟았더니 드디어 소생했습니다.

　며칠 전부터 나팔처럼 꽃망울을 맺기 시작했습니다. 이번 추석에 천사 나팔꽃을 보게 될 것입니다.

　더위와 비바람을 견딘 들판에 풍년이 온 것처럼 올 추석에 우리 성도들의 가정에 축복의 천사 나팔을 힘차게 불 것입니다.

　"더도 말고, 덜도 말고 한가위만 같아라."

　아멘.

08.09.14.

## 석양

햇빛이 반사된 바다
긴 빛 기둥이 파도에 흔들린다
조금씩 떨어져 내리던 해를
바다가 꼴깍 삼킨다

남은 진홍빛 하늘은 황홀하기만 한데
빛도 소멸의 순간이 가장 아름다운걸까

지난 주간 김○분 권사님이 육신의 옷을 벗고
하늘나라로 훨훨 올라가셨다
숨쉬기를 힘들어하시면서도
아멘 할렐루야로 임종을 맞이하시던 권사님
소멸의 순간에도 교회 걱정, 자식 걱정
오늘따라 우리 권사님이 보고 싶다.

"주 안에서 죽는 자들은 복이 있도다 하시매 성령이 가라사대 그러하다. 저희 수고를 그치고 쉬리니 이는 저희의 행한 일이 따름이라(계 14:13)."

08.10.12.

# 가을의 소리

교회 앞 감나무가 열매를 내려놓고
잎사귀마저 떨어트리고 있다

좀 적게 가지고 적게 누리는 삶도
행복할 수 있음을 잊지 말자
움켜쥔 것들을 하나님 앞에 내려 놓아야
짐이 가벼워야 안식이 깃들이기 때문이다

우리는 결코 혼자가 아님을 기억하자
마음을 열면 다가와 손잡아 줄 많은 이들이 곁에 있고
우리 짐을 대신 져 주신 하나님께서 지켜보고 계시지 않는가

이 가을에 청명한 하늘 위에서 들리는 소리가 있다
로뎀나무 아래서 죽기를 구하는 엘리야를 향해서
짐이 무거워 세상을 등지는 현대인을 향해서
좀 쉬어라. 내가 너와 함께 있다, 아멘.

08.10.19.

# 🕊 하늘 다리

산이 탄다 / 마음도 탄다 / 세상이 온통 붉게 탄다.

일월산을 지나 청량산 가는 길은 차창 밖으로 펼쳐진 산하가 오색찬란한 꿈만 같았습니다. 청계사를 지나고부터 여기저기서 헐떡이는 숨소리가 들릴 정도로 가파른 난코스였습니다. 숨차하면서도 천국에 가는 길 같아 〈저 높은 곳을 향하여〉라는 찬송을 부르기도 하고 가끔 내려오는 등산객들이 "다 왔습니다. 힘내세요."라는 말이 거짓말인지 뻔히 알면서도 용기를 얻고 오르고 또 올랐습니다. 그러기를 두 시간이 가까이 되어서야 자란봉에서 장인봉 정상을 잇는 계곡을 타고 올라오는 산바람이 이마에 흐르는 땀을 씻어 주고 나 자신을 향한 대견함에 취해 사도 바울이 체험한 삼층천에 온 것 같은 착각이 들었습니다.

하늘다리를 건너면서 눈 앞에 펼쳐진 광경은 "참 아름다워라." 주님의 세계는 그 자체였습니다. 산허리를 휘어 감고 흘러가는 구름 사이로 오색 단풍이 온갖 자태를 뽐내고 산 아래로 멀리 보이는 촌락의 풍경은 인간 세계를 내려다보는 하나님이 된 것 같은 기분은 무례인가요? 하늘 다리를 건너 정상에서 드린 우리의 기도와 찬송의 소리는 세계만방에 퍼지리라. 기회를 주신 영덕군 기독교 연합회에 감사를 드리고 이모든 영광 오직 하나님께 올려 드립니다.

"하나님이 그 지으신 모든 것을 보시니 보시기에 심히 좋았더라(창 1:31)."

08.10.26.

# 추양 한○직 목사님

　지난 주간 한○직 목사님이 생전에 시작해서 지금도 계속하고 있는 영락교회 선교부가 주관하는 목회자 세미나에 참석하고 돌아왔습니다. 목사님은 교계는 물론 우리 국민 모두가 존경하는 역사 속에 큰 별이셨습니다. 생전에 은행 통장 하나 가지지 않을 정도로 청빈의 삶을 사셨습니다. 추양 기념관 유품전시실에 가보았더니 지팡이 2개와 설교 노트 1권, 사진 몇 장이 전부였습니다. 그 유명한 설교집 하나 남기시지 않으셨습니다.

　한 목사님이 은퇴하시고 쉬고 계실 때 교계에 중진 목사님들이 인사차 목사님을 찾아가서 고언을 구했다고 합니다. 한참 침묵을 지키시던 목사님이 얼굴을 드시고 찾아간 목사님들의 면면을 살피시고 이렇게 대답하셨다고 합니다. "목사님들! 예수 잘 믿으세요."

　고추양 한○직 목사님의 일념은 오직 하나님 사랑, 나라 사랑뿐이셨습니다. 눈에 보이는 것이라면 아무것도 이 땅에 남기지 않으시고 천국에 가셨지만, 목사님의 정신과 얼은 오늘을 살고 있는 우리 후배들에게 거룩한 부담으로 다가오고 있습니다, 아멘.

08.11.02.

## 🕊 마무리

갑자기 추워진 날씨 탓에 낙엽이 바람에 굴러다니고 있습니다. 어젯밤에는 낙엽 구르는 소리에 잠을 설쳤습니다.

한 해를 마무리할 시간이 다가오고 있습니다. 마지막이 마무리가 아닙니다. 순간순간을 마무리해야 합니다. 산다는 것은 순간순간이기 때문입니다. 행복과 불행도 순간이고 선한 생각과 악한 생각도 순간에 일어납니다.

요사이 순간을 참지 못해 마무리하는 사람들이 많습니다. 어려운 때일수록 순간순간 자신답게 자기 삶에 주인이 되어야 합니다. 깊어 가는 이 가을에 귀를 기울여 봅시다. 자신 안에 있는 내면의 소리를 한번 들어 보자고요. 그리고 늦가을에 주시는 하나님의 음성도 들어 보고요.

"추운 겨울이 오기 전에" 아멘.

"너는 어서 속히 내게로 오라. 데마는 이 세상을 사랑하여 나를 버리고 데살로니가로 갔고 그레스게는 갈라디아로 디도는 달마디아로 갔고 누가만 나와 함께 있느니라. 네가 올 때에 마가를 데리고 오라 저가 나의 일에 유익하니라(딤후 4:9-11)."

08.11.23.

# 🕊️ 예수 사관학교

　북원주 톨게이트를 내리자 우측으로 방주 모양의 7층 건물이 보였습니다. 세계로 교회 변○구 목사님이 사역하시는 예수 사관학교였습니다.

　고등학교 때 예수님을 만난 목사님은 약대를 졸업하고 약국을 경영하면서 젊은 나이에 많은 돈을 벌었습니다. 편안한 생활로 행복한 인생을 살 수 있었지만 예수님을 만나고 나서 평소에 원시림의 성자 슈바이처를 흠모하던 목사님은 신학을 공부하여 목사가 되고 의학을 공부하여 의사가 되셨습니다. 그러면서 3식 운동을 펼치기 시작했습니다.

　산에 나무 심기, 사회의 인물 심기, 영혼에 복음 심기입니다. 배워서(學) 알고, 알아서(知) 깨닫고, 깨달아서(覺) 믿고, 믿어서(信) 행함(行)이 이루어진다는 것이지요. '참' 사람, '된' 사람, '난' 사람을 만드는 것이 예수 사관학교의 목적이랍니다.

　노아의 방주를 본받은 성막교회를 중심으로 400만 평의 대지 위에 자연과 펼쳐 놓은 조각상들은 기드온 300명의 정예군이 만드는 훈련장으로 쓰이고 있습니다. 이 땅에 있는 어둠의 세력이 물러나고 생명의 빛이 밝게 비추어 하나님의 공의가 하수 같이 흐르는 그 날이 속히 오기를 간절히 소망합니다.

　예수 사관학교에서 이루어지는 훈련을 통해서 '사람다움', '신자다움'으로 만들어지는 날이 반드시 올 것입니다. 할렐루야! 목사님, 힘내세요!

09.01.11.

## 🕊 버려진 것들

마을 쓰레기장에 버려진 농장이 추위에 떨고 있다. 주인이 살았을 때는 소중하게 여기던 물건들이 임자가 떠나고 나니 저것들도 다른 곳으로 떠날 차례를 기다리고 있는 모양이다.

몇 년 만에 닥친 한파에 을씨년스럽게도! 지금은 익숙한 파도 소리에 위안을 받겠지만 며칠 지나면 빈자리만 휑하게 남을 것이다.

하나님 아버지! 그렇습니다. 우리도 언젠가는 익숙한 것들로부터 떠나야 할 것입니다. 〈산 날 동안〉의 노랫말처럼 "있을 때 잘해." 더 깊이 이해하고 하나님의 사랑에 감전되어 추위에 떨고 있는 모든 것들을 따뜻이 녹이는 주인공들이 되게 하여 주시옵소서. 아멘.

"사랑하는 자들아 하나님이 이같이 우리는 사랑하셨은즉 우리도 서로 사랑하는 것이 마땅하도다(요일 4:11)."

09.01.18.

# 개나리

교회 오른쪽 창문 커튼을 반쯤 열었습니다. 언덕에 핀 노란 개나리가 정말로 아름답습니다.

"나리, 나리, 개나리. 입에 따다 물고요. 병아리 떼 종종종. 봄나들이 갑니다."

어릴 때 부르던 동요가 생각이 났습니다. 새봄에 제일 먼저 찾아오는 개나리 손님 그 옆에 연산홍이 덩달아 피었다가 꽃샘추위에 혼이 나서 파르르 꽃잎이 떨고 있습니다.

겨우내 죽은 것만 같았던 식물들이 기지개를 켜고 있듯이 주님의 고난을 묵상하는 사순절이 지나면 우리도 자연처럼 소생하게 될 것입니다.

삶에 지쳐 있는 생활 전반에 부활의 기쁜 소식이 들려올 것입니다, 할렐루야.

"내가 온 것은 양으로 생명을 얻게 하고 더 풍성히 얻게 하려는 것이라(요 10:10)."

09.03.29.

# 사랑

기운 나무 두 그루가 서로 몸을 맞대고 있다
맞댄 자리에 상처가 깊다
바람이 불 때마다
뼈와 뼈가 부딪히는지 빠악 빠악 소리를 낸다
얼마나 아프겠는가
서로 살갗을 벗겨 뼈와 뼈를 맞댄다는 운명이
어울러 산다는 것이 때로는 아픔이지만
너 됨은 인정하고 바라보면 모두가 하나님의 피조물인 것을
하나님 아버지
부활하신 예수님의 눈으로 나를 살피고 너를 바라보게 하소서
모두가 사랑인 것을!

"세 번째 이르시되 요한의 아들 시몬아 네가 나를 사랑하느냐 하시니(요상 21:17)."

09.04.26.

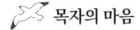 **목자의 마음**

'어떻게 하면 설교를 잘할 수 있을까'
이런 고민을 하지 않기로 하자
진리의 말씀을 다 이해할 수도 없고
그것을 잘 풀어 쪼갠다는 것이 불가능한 일이 아닌가

예수 그리스도만 전하기로 하자
그분을 뜨겁게 사랑하며
사랑함을 보여 주는 설교자가 되기로 하자

목사 안수를 받을까 말까
수 없이 생각하고 또 생각해 보았지만
내가 목사가 된다는 것은 욕심이 아닐까
욕심이 잉태한즉 죄가 되나니
사심을 버리기로 하자

그러나 그 무엇보다도
세상의 길 갈보리에 버리고
묵묵히 십자가를 지신 주님 모습 본받아
욕심일랑 날려 보내고 그 길을 가기로 하자.

09.05.17.

# 🕊 아카시아

아카시아 꽃의 향기가 교회를 덮고 있습니다
가시로만 말하는 나무
아무짝에도 쓸모없어 火木(화목)으로만 쓰인다는 나무
일본 사람들이 한국 땅을 망치려고 심었다던 나무

아카시아가 흰 꽃을 피웠습니다
벌들도 찾아오고 향기가 우리를 유혹하고 있네

유대 땅에 쓸모없이 버려진 조각 나무가
성전에 聖物이 되어 야훼께 드려지듯
가시 같은 우리 또한 주님께 드려서
세상 사람 예수 향기에 취하게 만드세, 아멘.


"우리는 구원 얻는 자들에게나 망하는 자들에게나 하나님 앞에서 그리스도의 향기니(고후 2:15)."


09.05.24.

## 악몽(惡夢)

저는 어릴 때 몽유병 환자라고 할 정도로 봄이 되면 악몽에 시달렸습니다. 우리 집 아이들이 저의 유전자를 받았는지 자주 악몽을 꾸고 전화를 걸어오곤 합니다. "아버지, 별일 없으세요?" 아들의 안부 전화와 "아빠, 악몽에 시달렸어요." 딸이 두려움을 전하는 전화.

대통령을 지낸 지도자가 자살하는 문화, 자살한 사람이 영웅시되는 현실이 옳고 그름에 가치관에 혼돈을 가져오게 하나 봅니다. 자살은 죄악이라고 말할 수 있는 사회가 건강한 사회가 아닐는지요?

사탄의 영이 덮고 있는 우리 사회에 하루빨리 어두움의 영이 물러가고 하나님의 영이 지배하는 대명천지(大明天地)가 되었으면 참 좋겠습니다. 죽음의 문화가 아니라 살리는 문화로 말입니다.

"살리는 것은 영이니 육은 무익하니라 내가 너희에게 이른 말이 영이요 생명이라(요 6:63)."

09.06.01.

# 🕊 길이라고 다 길인가?

　지난 주일 오후, 해거름에 운동 삼아 집을 나섰습니다. 등대가 있는 곳까지 가기도 하고 바닷길로 갔습니다. 강 집사님 배 있는 곳을 지나 오솔길을 따라갔더니 여기저기에 이름 모를 꽃들이 우리를 반겼습니다. 험하기는 해도 처음 가보는 길들이라 설레기도 했고, 등대쯤 길이 있을까 염려도 되었지만, 아내의 만류에도 조금만 고집하기로 했습니다.

　비어 있는 군대 초소를 지나 모퉁이를 도니 등대가 저만치 보이는가 싶더니 절벽이 나타났습니다. 언제쯤 바다가 휩쓸고 갔는지 길이 뚝 끊겨 버린 것입니다. 진퇴양난이었습니다. 돌아갈 수도 없어 오른쪽 등선을 타고 큰길까지 올라가기로 했습니다.

　아래를 내려다보니 시퍼런 파도가 넘실거리고, 위를 쳐다보니 얼마 전에 불이 나서 산등성이 온통 시키먼 검정색 밭이었습니다. 엉금엉금 불에 탄 나무 등지를 붙들고 길 위에 올라오니 언제 찔렸는지 손바닥엔 피가 흐르고 온몸은 시커먼 흑인 같았습니다.

　두 가지 생각이 퍼뜩 머리를 스쳤습니다. "길이라고 다 길인가?", "집 나가면 개고생이다."

　하나님 맞지요!!

　"예수께서 가라사대 내가 곧 길이요 진리요 생명이니 나로 말미암지 않고는 아버지께로 올 자가 없느니라(요 14:6)."

*09.06.14.*

# 노망(老妄)

다른 사람이 상식 밖의 말이나 행동을 하면 노망이 들었냐고 말하기도 합니다. 노망이란 글자를 풀이하면 늙어서 망령된 행실을 하는 사람이라고 하면 지금의 의학 용어로는 치매가 아닌가 생각합니다.

저는 수년간 치매에 걸리신 장모님을 모시고 살고 있습니다. 병이거니 생각하면 이해는 되지만 때로는 억울한 소리를 하고 악담을 퍼부을 때는 사탄으로 보이니 밉지 않을 수가 없습니다. 불쌍하다가도 너무 힘들게 할 때는 밉기도 하고요.

사위인 저도 힘이 드는데 아내는 제게 대한 미안함까지 겹쳐 얼마나 힘이 들겠습니까. 지나온 세월에 정신 빼앗기고 한만 남아 울다가 웃다가 하는 장모님의 모습을 보면서, 하나님 눈에 우리도 울다가 웃다가 하는 치매 환자로 보이지 않을까? 생각해 보았습니다.

"하나님, 맞지요?"

09.06.21.

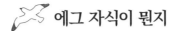 ## 에그 자식이 뭔지

한나가 오랜만에 집에 온다고 해서 포항에 갔습니다. 터미널에 마중 나가고, 맛있는 냉면도 사 주고, 다리가 아프다고 해서 발 마사지도 해 주었습니다.

아내의 핀잔대로 딸한테는 꼼짝 못 하는 아버지인 것 같습니다. 늦둥이라 그러는지 내가 생각해도 아버지의 딸 사랑이 지극정성입니다.

때로는 톡톡 쏘아대고 미운 짓을 해도 마냥 예쁜 걸 어떡합니까? 우리를 향하신 하나님의 마음이 부모들의 다같은 마음이 아닐는지요?

"에그, 자식이 뭔지."

"사랑하는 자들아 우리가 서로 사랑하자 사랑은 하나님께 속한 것이니 사랑하는 자마다 하나님께로 나서 하나님을 알고 사랑하지 아니하는 자는 하나님을 알지 못하나니 이는 하나님은 사랑이심이라(요일 4:7-8)."

*09.07.05.*

## 🕊 제주도

　전국 전도사 세미나가 제주도에서 있었습니다. 제주도에 비가 많이 올 것이라는 일기예보 때문에 걱정을 많이 했습니다. 비행기는 뜰 것인가? 관광은 할 수 있을까? 제날짜에 돌아올 수 있을까?

　그러나 나의 믿음 없음을 다시 한번 확인했습니다. 아침에 관광을 나서면 비가 멈추고 저녁에 숙소로 돌아오면 비가 오고 하나님이 친히 날씨를 간섭하심이 현실로 나타난 것입니다. 하나님이 우리 전도사님들을 무척 사랑하시나 봅니다.

　돌아와서 짐을 푸는데 집에서 가지고 간 우산이 "야! 믿음 적은 전도사야?" 하면서 방긋이 웃은 것 같았습니다. 덩달아 나도 미안함에 싱긋 웃었습니다. "아! 하나님 죄송해요."

　"예수께서 이르시되 어찌하여 무서워하느냐 믿음이 적은 자들아 하시고 곧 일어나 바람과 바다를 꾸짖으신대 아주 잔잔하게 되거늘(마 8:26)."

09.07.19.

# 길(路)을 통해 길(道)로

인생은 길입니다. 힘한 산길 지나 초원과 넓은 강을 만나는가 싶으면 어느 새 사막 길에 맞닥뜨립니다. 사망의 음침한 골짜기는 다니기는 힘들지만 곱게 핀 수선화와 얼음 녹은 맑은 물이 언제나 거기에 있다는 사실을 아십니까. 길에서 만난 풍경 앞에 감사할 이유가 여기에 있습니다.

하나님은 길의 하나님이십니다. 야곱은 도망가던 길에서 하나님을 만났고 사도 바울은 다메섹 도상에서 부활하신 예수님을 만났습니다.

누구 하나 길에 끝을 알고 가는 사람은 없습니다. '이 길 너머에 누가, 무엇이 우리를 기다리고 있을까?' 기대하며 속아서 살아온 세상을 한평생이라 하지 않습니까.

그러나 하나님을 믿는 우리는 믿음으로 걷고 또 길을 가는 것입니다. 하나님만이 내가 가는 길에 그 끝을 아시기 때문입니다. 그분은 우리의 앞서 행하시며 길(路)을 통해 우리를 길 (道)로 인도하시는 분이시기 때문입니다.

"내가 가는 이 길 끝에서 나는 주님을 보리라. 영광의 내 주님 나를 맞아 주시리, 아멘. 나의 가는 길을 오직 그가 아시나니 그가 나를 연단하신 후에는 내가 정금 같이 나오리라(욥 23:10)."

09.08.09.

## 🕊️ 동그라미

"동그라미 그리다가 무심코 그린 얼굴."

하나님의 사랑을 도형으로 그린다면 동그라미가 아닐까요. 동그라미는 모난 것도, 시작도 끝도 없는 원형이기 때문입니다. 지난 주간 한 나가 가르치는 반 아이 중 애육원에서 생활하고 있는 원생들을 데리고 왔습니다. 부모님이 없어 여름 휴가를 가지 못하는 아이들을 배려하기 위한 담임 선생님의 따뜻한 마음이겠지요.

딸의 마음 씀씀이가 기특해서 나는 운전사가 되어 포항공대를 비롯하여 여기저기 구경도 시켜주고, 마누라가 졸라도 안 사주던 통닭도 실컷 먹도록 해 주었습니다. 처음 만날 때는 기가 죽어 서먹서먹하던 아이들이 5일이 지나 헤어질 때는 눈동자가 빛나고 생기가 살아나는 것 같았습니다.

아무쪼록 아이들이 살아가는 날 동안 2009년 여름 포항에서 그려진 동그라미가 저들의 가슴 속에 파장을 일으키길 간절히 소망해 봅니다.

"내가 내게 있는 것으로 구제하고 또 내 몸을 불사르게 내어줄지라도 사랑이 없으면 내게 아무 유익이 없느니라(고전 13:3)."

09.08.23.

# 또 빚을 졌습니다

지난날 빚쟁이로 살았습니다
하나님께 빚을 졌습니다
가족들에게 빚을 졌고
이웃들에게도 큰 빚을 졌습니다
남은 날 빚 갚으면서 살아야지 하면서도
그리 쉽지만은 않습니다
남은 날이 길지 않을 테니
진 빚은 갚아야 하지 않겠습니까
그런데 또 빚을 졌습니다
하나님의 은혜로 분에 넘치는 사랑을 받으니
나는 하늘나라 갈 때까지
어쩌면 빚쟁이로 살아야 하나 봅니다, 아멘.

"피차 사랑에 빚 외에는 아무에게든지 아무 빚도 지지 말라. 남을 사랑하는 자는 율법을 다 이루었느니라(롬 13:8)."

09.08.30.

## 달아 달아

달아 달아 밝은 달아
고속버스 차창으로 밤 손님이 찾아왔어요

더도 덜도 말고 한가위만 같으라고
저 달처럼 휘영청 밝게 살라고
둥글게 서로 사랑하며 살라고

저 달이 내가 되어
어두운 곳 밝혀주고 끊어진 것 이어져서
여기서 땅끝까지, 할렐루야!
하나님 아버지!
한가위 둥근 달이 되고 싶습니다.

"너희는 세상의 빛이라(마 5:14)."

09.10.11.

# 🕊 가을 바다

싸아싸아, 철썩철썩
어젯밤엔 밤이 새도록 파도가 자장가를 불렀다
밀려와서 부서지고 또 밀려가고
파도가 밀려간 자리에
하얀 눈꽃이 가을을 맞고

지난밤에는 하나님이 밤새 일을 하셨어요
동해, 서해, 남해
휘젓고 다니시는 하나님의 발길 따라
바다는 살아나고 고기는 신이 나고

세상이 잠든 깊은 밤
야훼는 졸지도 주무시지도 않고
바다 갈아엎느라 피곤하신 모양이다
긴 하품을 하시는 것을 보니, 아멘!

"이스라엘을 지키는 자는 졸지도 아니하고 주무시지도 아니 하리라
(시 121:4)."

09.10.18.

# 🕊 김○옥 집사님 이야기

강원도 철원 폐광 지역에서 목회를 하던 친구 전도사님이 계셨습니다. 수년 전, 헤브론 목회자 세미나에서 전도사님을 만났는데 저보다 2살 위인 전도사님은 속초중앙교회의 시무장로로 계시다가 늦게 사역을 시작하신 저와 초록은 동색이었습니다. 글쓰기를 좋아하시던 전도사님은 지역 문단에도 등단한 시인이셨습니다. 전도사님의 소원은 강단에서 하나님 말씀을 전하다가 하나님께 부름을 받는 것이라고 하셨습니다.

그 전도사님이 몇 년 전, 수요일 저녁 설교를 하시다가 강단에서 쓰러지셔서 병원에 입원하여 그길로 하늘나라로 가셨답니다. 저는 그것을 동역자들이 그를 그리기 위해 펴낸 유고작을 보고서야 알았습니다. 지난 주일, 설교를 하면서 저 역시 기도하다가, 찬송 부르다가, 하나님의 말씀을 전하다가 몸과 마음이 하나님의 일에 몰입할 때 하나님의 부름을 받는 것이 소원이라고 했습니다.

주일 오후 예배를 마치고 한 시간도 채 못 되어 보란 듯이 김○옥 집사님이 뇌졸중으로 쓰러지셨습니다. 응급차를 불러 포항에스병원으로 급히 후송하여 뇌수술을 받았습니다. 수술은 잘되었는데 폐렴이란 합병증이 와서 폐가 망가지고 있습니다. 생명이 그리 오래 갈 것 같지는 않습니다.

김○옥 집사님은 38살에 청상과부가 되어 삼 남매를 키우면서 한 많은 세상을 살았습니다. 그 한으로 치매가 온 지도 3년이 넘은 것 같습니다. 분명히 알기는 육은 죽어 흙으로 돌아가고 명은 하늘나라에서 먼저 간 성도들을 만나, 거기서 영생복락을 누릴 것을 확실히 믿습니다, 아멘.

"주 안에서 죽은 자들은 복이 있도다 하시매 성령이 가라사대 그러하다. 저희 수고를 그치고 쉬리니 이는 저희의 행한 일이 따름이라 하시더라(계 14:13)."

09.10.25.

# 🕊 기다림

잎이 떨어진 가지 끝에 된서리 울고 가고
억순네 한숨 소리 겹겹이 쌓인 산야
감감히 고개를 들어 누구를 기다린다

기다려 또 기다려
쌓인 세월 녹음 속에 안식처를 만들려고
얼마나 많은 겨울이 살을 에고 지났는가

이 겨울만 건너가면
새봄에 새옷 입고 꽃망울로 터질 것을
오가는 聖風(성풍) 따라 안부 실어 띄우리
재림의 주님을 기다리며….

"보라 내가 속히 오리니 이 두루마리의 예언의 말씀을 지키는 자는
복이 있으리라 하더라(계 22:7)."

09.11.29.

# 2010 해맞이

　2010년 해맞이 마중을 나갔습니다. 한 해의 떠오르는 첫 해를 보고 소원을 빌기 위해 바닷가에 이미 많은 사람이 나와 있었습니다. 차 안에서 컵라면을 먹는 사람들이 있는가 하면 밖에서 추위를 잊으려고 발을 동동 구르는 사람들도 있었습니다. 아내는 추위에 떠는 사람들을 위해 따뜻한 차를 주려고 커피와 생강차를 준비했습니다. 영하에 날씨에 끓여온 물은 금방 식어 버려 커피가 잘 녹지 않아 제맛이 나지는 않았지만, 아내의 마음을 잘 받아 주었습니다. 고마웠습니다. 저들도 고맙고 고맙다고 감사에 인사를 잊지 않았습니다.

　내년에는 교회 차원에서 잘 준비하여 하나님의 사랑을 전해야겠다는 생각을 했습니다. 2010년 아침 7시 20분이 조금 지나자 먼 수평선 위로 불덩이 하나가 보이기 시작하더니, 조금 지나자 창공으로 붉게 이글거리는 해가 둥실 떠올랐습니다. 사람들은 박수하기도 하고 손을 모아 소원을 기도하는 사람들도 보였습니다. 한 편의 드라마였습니다. 하나님이 만드신 걸작품이었습니다.

　저는 떠오른 태양 속에 "너희는 세상의 빛이 되라."라고 말씀하시는 예수님의 모습을 보았습니다. 2010년 저 밝은 해처럼 살라고 말입니다. 새해에는 우리 모두 떠오르는 해처럼 어두운 세상 밝게 비추며 살아야 하지 않겠습니까? 아멘. '해'처럼 밝게 살면서 주 찬양하리라.

　"이같이 너희 빛을 사람에게 비취게 하여 저희로 너희 착한 실을 보고 하나님께 영광을 돌리게 하라(마 5:16)."

10.01.03.

# 🕊️ 하나님이 하셨군요

　전도사 전국연합회 임원 회의가 있어 제주도에 갔었습니다. 회장이신 박○순 전도사님이 작년 7월에 총회를 마치고 쓰러지셔서 거의 회생할 소망이 있었습니다. 여자 회장을 보좌하기 위해서 억지로 총무를 맡았는데 걱정이 태산 같았습니다. 그런데 전도사님을 하나님이 살려 놓으신 것입니다.

　전도사님에 간증에 의하면 지난 6개월 동안 죽음에 동굴에서 정신 병동에까지 가는 널을 거쳐 오신 것입니다. "그가 나를 단련하신 후에 내가 정금같이 나오리라."라는 욥의 고백이 전도사님에 고백이 되었다고 했습니다. 병중에 계실 때 다시 강단에 설 수 없다는 것을 알고 몇 번이나 당회에 사의를 표했지만 전 교인들이 무슨 소리냐고? 죽어서 우리 교회를 떠나면 몰라도 그전에는 어림도 없다고 하면서 그의 딸 전도사님을 부 교역자로 세워 주셨습니다.

　성도들은 주의 종을 절대 신뢰하고 전도사님은 성도들을 자랑하는 모습이 얼마나 아름다웠는지 모릅니다. 죽음의 현장에서도 하나님은 그를 통해서 일하셨습니다. 땅 수백 평을 사게 하셨고 일억 짜리 나그네 쉼터를 짓기 위해 토목 공사를 하고 있었습니다.

　당신을 하나님이 살려야할 이유를 우리는 알았습니다. 오로지 하나님만 바라보고 목숨을 아끼지 않는 당신의 헌신을 통해, 하나님이 영광을 받으시기 위함이라는 것을. "딸아, 이제 알았다." 하나님의 음성이 사역현장을 돌아보는 임원들에게 들리는 듯했습니다. 척박한 땅 헤브론에서 묵묵히 주님만 바라보면서 목숨을 아끼지 않고 사역의 길을 가는 당신을 보면서 사도 바울을 보는 듯했습니다. 탓만 하는 우리는 부끄러웠고요. 하나님 아버지, 감사합니다. 우려로 떠난 제주도 길이 기대로 바꿨으니깐요, 할렐루야.

10.01.17.

# 사순절

구정과 함께 사순절이 시작되었습니다.

설 전후로 눈이 보기 드물게 많이 내렸습니다.

눈 치우느라 고생은 했지만 기분은 좋았습니다.

이쁜 설경을 핸드폰에 담으면서 이런 기도를 드렸습니다.

하나님 아버지! 삼라만상을 밤새 하얀 눈으로 덮듯이 죄와 욕심으로 가득 차 있는 세상사를 예수 그리스도 십자가의 사랑으로 덮어 주십시오.

"만일 우리가 우리 죄를 자백하면 그는 미쁘시고 의로우사 우리의 죄를 사하시며 우리를 모든 불의에서 깨끗하게 하실 것이요(요일 1:9)."

10.02.21.

## 🕊 입춘(立春)


깡마른 겨울이 잠을 깨는 날 움돋아 오르고 살 속으로 물 흐른다
입춘은 봄이 일어서는 날 겨울눈을 녹이면 온다
추워서 떨던 사람에게도 봄이 온다
마음을 펴라고, 문을 열라고
햇살 고운 봄이 온다고
겨우 잠 깨어나 기운 차려 일어나라고
희망의 봄비가 온다.


"겨울도 지나고 비도 그쳤고 지면에는 꽃이 피고 새가 노래할 때가
이르렀는데 비둘기의 소리가 우리 땅에 들리는구나(아 2:11-12)."


10.02.28.

## 🕊 잘 살아라

김○옥 집사님의 임종예배를 드렸습니다.

평소에 좋아하시던 〈고요한 바다로〉, 〈예수 사랑하심은〉이라는 찬송을 불러드렸습니다.

가쁜 숨을 몰아쉬면서도 눈가에는 이슬이 맺혔습니다.

말은 못 하시지만 "잘 살아라." 그렇게 말씀하시는 것 같았습니다.

수십 년 함께 살면서 미운 정 고운 정 다 들었습니다.

좀 더 잘해드릴 수 있었는데 아쉬움만 남습니다.

이제 와서 후회한들 무슨 소용이 있겠습니까?

잘사는 것이 이 땅에 남은 사람들에 몫이 아닐까요?

집사님! 우리도 곧 뒤따라갈 것입니다, 아멘.

10.03.21.

## 🕊 천국

김○옥 집사님이 하나님의 부르심을 받고 천국에 가셨습니다. 뇌출혈로 쓰러진 지 5개월 만입니다.

연락을 받고 요양 병원에 도착해 보니 이미 숨은 멈춘 상태였습니다.

몸에는 온기가 있었습니다.

생전에 아파서 찌푸리던 얼굴은 아기같이 주름이 펴졌고 천사가 되어 환하게 웃고 있었습니다.

아픔도 없고 눈물도 없고 고통이 없는 나라, 영생의 나라 천국.

김○옥 집사님은 그곳에 가셨습니다.

집사님 이제는 모든 짐 내려놓고 하나님의 품속에서 편히 쉬소서, 아멘.

10.03.28.

미역

미역은 초봄이 제철이라고 합니다. 동해의 청정 해역에서 풍차 바람을 맞으며 자라나는 우리 마을 미역은 삶으면 삶을수록 구수하고 쫀득쫀득하기로 소문난 자연산 돌미역입니다.

미역 철이 되면 바쁜 일손 때문에 애태우기도 하고, 농어촌 목회자로 심부름 미역 장사꾼이 되기도 하고 성도들의 돈벌이를 생각하면 기대와 우려 반반입니다.

해풍과 육풍을 번갈아 맞으며 미끈한 피부를 만들고 일렁이는 물결의 속삭임을 들으면서 부드러운 향기를 머금고 물고기의 합창과 은은한 해초 내음이 가닥가닥 스며들어 파도에 몸을 맡긴 채 이리저리 부대끼어 만들어진, 하나님의 걸작품인 돌미역은 산모로부터 생일 밥상까지 어쩌면 몸과 시간을 연결하는 죽음에서 부활로 잇는 생명의 탯줄인지도 모릅니다, 아멘.

10.04.11.

## 교통사고

지난 주일, 집 앞에서 개인택시와 충돌하여 교통사고가 났습니다. 상대는 직진 신호를 위반했고 저는 좌회전 지시 신호를 위반한 쌍방과실이었습니다. 6:4로 상대가 더 잘못한 것으로 보험회사에서 보았으나, 그렇게 되면 개인택시는 많은 불이익이 있다고 하여 5:5로 양보해 달라고 간곡히 부탁을 해왔습니다.

하나님께서 양보하라는 마음을 주셔서 아내와 의논하여 양보해 주었습니다. 이번 사고로 잃은 것도 있지만 감사의 제목을 얻은 것은 큰 수확이었습니다.

감사 1. 상대에게 불이익이 가지 않도록 양보하는 마음 주심에 감사
감사 2. 우리 부부만 타서 다른 사람에게 피해를 주지 않아서 감사
감사 3. 아내의 상처가 타박상이라서 감사
감사 4. 상대편이 다치지 않아 감사
감사 5. 늦긴 했지만 성도들을 모시고 가 주일예배 드리게 됨을 감사
감사 6. 앞으로 교통법규 준수하고 안전 운전할 마음 주심 감사
감사 7. 병실 환자에게 전도와 동역하여 예수 영접하게 하심을 감사

하나님 아버지, 교통사고도 하나님의 은혜였습니다. 모든 영광 하나님께 올려드립니다, 아멘.

10.04.25.

# 어느 날

오월의 오후

교회 벤치에 앉아

짬에 여유를 즐기는데 진한 쑥 내음이 코끝을 유혹한다

겨울과 봄이 숨바꼭질하는 사이

하나님도 헷갈리시는지

벌써 여름이 오려무나

하나님 아버지

봄을 느끼기도 전에 벌써 여름입니까

밭 갈아 곡식마다 열매가 주렁주렁 바닷속 통발에도

문어 한가득 올해도 풍년을 노래하게 하소서, 아멘.


"그리고 하나님은 그들을 축복하여 이렇게 말씀하셨다. 너희는 많은
자녀를 낳고 번성하여 땅을 가득 채워라 땅을 정복하라 바다의 고기와
공중의 새와 땅의 모든 생물을 지배해라(창 1:28)."


10.05.09.

# 🕊️ 미친 짓이야!

    토요일 오후 정류장에서 시내버스를 기다리고 있었습니다. 신혼여행을 가기 위해 꽃을 단 차에 방금 결혼식을 올린 신랑이 허리에 끈이 묶인 채 히죽히죽 웃으며 맨발로 헐떡거리며 뛰어가고 있었습니다. 무슨일인가 싶어 가까이 오는 것을 보니 자동차 뒤 트렁크에는 신부가 앉아 신랑 허리에 묶은 끈을 잡고 질질 끌려오는 신랑을 보면서 방긋이웃고 있었습니다.

    아! 이놈의 세상, 이래도 되는 것입니까? 남자의 신세가 왜 이렇게 되었습니까? 허리가 묶인 채 강아지처럼 질질 끌려가는 모습은 사람이기를 포기한 짐승으로 보였습니다. 정말 불쌍했습니다. 선인들은 남자는 하늘이요 여자는 땅이라 했고 성경에서는 피차 복종하라 했거늘 어쩌다가 남자의 신세가 여기까지 왔을까요? 세상 탓할 게 아니라 이 시대를 살고 있는 남자의 처량함이여! 내가 오래 살아 별꼴 다 보는 것인지? 세상에 우째 이런 일이.

    "그때에 이스라엘에 왕이 없으므로 사람이 각기 자기의 소견에 옳은대로 행하였더라(사 21:25)."

10.05.23.

## 🕊 봄꽃

봄꽃 만발하는데
한줄기 비는 꽃잎을 떨구고
환하게 한번 피려고 하면
바람이 훅 날려 버린다
세상일 다 그래
피려다 만 것이 어디 너뿐이랴
세상사 뜻대로 되는 일 없으니
아무리 애쓰고 힘써 모은들
하나님 아버지 훅 한번 불어 버리시면 다 날아가 버릴 것을…….


"그러므로 모든 육체는 풀과 같고 그 모든 영광이 풀의 꽃과 같으니 풀은 마르고 꽃은 떨어지되(벧전 1:24)."


10.06.06.

# 🕊️ 역시 하나님이 하셨군요

마음을 무겁게 누르고 있던 전국전도사 세미나가 은혜 가운데 마쳤습니다. 2박 3일 동안 참석 인원, 날씨, 숙식, 강사, 관광까지 전부 준비한 것보다 기대 이상이었습니다.

마지막 마치는 시간에는 "오 자유"란 찬양을 부르면서 모두가 일어나 덩실덩실 손을 잡고 춤을 추면서 "밥 먹을 여기가 좋사오니" 그곳이 천국이었습니다. 생각도 집에 돌아갈 생각도 잊어버린 듯했습니다. 모두 이구동성으로 가장 멋있는 대회였다고 수고하셨다고 위로해 주었습니다.

준비하면서 고생한 일들이 한순간에 날아가 버렸습니다. 하나님의 일은 하나님이 하시는데 염려와 걱정으로 끙끙대던 내 모습이 생각이 나서 하나님 앞에 부끄러웠습니다. 하나님 믿음 없는 종을 용서해 주세요, 아멘. 그리고 동역자 여러분 사랑합니다.

10.07.18.

# 자식 사랑

   큰아들과 둘째 아들 식구들이 차례로 여름휴가를 다녀갔습니다. 설레는 마음으로 기다렸는데 야단법석을 떨던 손주들이 휑 가고 나니 시원섭섭합니다.

   '부모님에게 주려고 왔던 길인데 괜히 고생만 했구나.'라고 생각하니 마음이 찡합니다. 헤어질 때 둘째 녀석과 며느리는 눈물을 흘렸습니다.

   서로 사랑하며 잘 살아야 할 텐데! 자식새끼 잘 키워야 할 텐데! 신앙생활 잘 해야 할 텐데! 눈을 감아야 자식 걱정 안 하려나 봅니다.

   "자식을 향한 부모님 마음이 하나님의 마음이 아닐는지요!"

10.08.22.

# 독도(獨島)

　울릉도 동남쪽 뱃길 따라 오백 리, 독도는 우리 땅! 바다가 호수처럼 고요했습니다. 포항에서 도동항까지 3시간, 선박 터미널에서 잠시 숨을 돌려 독도 가는 배를 탔습니다. 40노트로 달리던 배가 거의 두 시간이 되어서야 독도에 도착했습니다.

　주어진 시간은 30분 앞다투어 배에서 내렸습니다. TV 뉴스 시간에 화면으로만 보던 독도를 옆에 와서 육안으로 보니 한마디로 하나님의 걸작품이었습니다. 단체 사진도 찍고 핸드폰에도 독도의 숨결을 담았습니다. 울릉도를 몇 번 와도 독도 땅을 밟기는 이번이 처음입니다.

　오! 하나님 감사합니다. 하나님께서 전도사님들을 불쌍히 여기시어 태풍 곤파스 속에서 바다를 잔잔하게 해 주셨기 때문입니다. 모두가 하나님의 은혜입니다, 할렐루야.

10.09.12.

# 🕊️ 2010 친구여(울릉도 여행 이야기)

어젯밤 파도 소리가 잠을 못 이루게 했다. 여행을 끝낸 허전한 마음과 잘못 먹은 음식 탓에 밤새 배가 부글거리는 진통을 겪었다. 8월의 혹서와 9월의 태풍, 자연이 우리를 더 겸손하게 만드는지 모른다.

## 첫째 날(08.30.)

제34차 전국 전도사님들을 섬긴 임원들이 2010이라는 이름으로 여름 휴가를 울릉도로 가기로 했다. 유난히도 무더웠던 8월을 보내기가 아쉬웠던지 9월은 대풍 곤파스를 앞세워 온다고 하니 여행길이 걱정되었지만, 하나님이 선한 길로 인도하시리라 믿었다. 우리 교회에서 하룻밤을 묵고 아침 9시 40분에 포항에서 출발하는 썬플라워호에 몸을 실었다.

멀미할까 봐 멀미약을 단단히 먹었는데 의외로 바다는 잔잔했고, 3시간이 지난 12시 40분에 우리가 탄 배는 목적지인 도동항에 도착했다. 대합실 보관소에 짐을 맡기고 독도에 가기로 했다. 울릉도에 두 번을 와도 파도 때문에 독도에 접안을 하지 못했는데, 오늘은 독도 땅을 밟을 수 있을 것이라는 기대감에 가슴이 뛰었다. 정해진 시간에 독도를 향해 떠난 배는 두 시간이 지나서야 목적지 근처에 다다른 듯했다. 누군가 "독도다!"라고 소리치는 바람에 창밖을 내다보니 신비의 섬 독도가 시야에 들어왔다. TV 화면으로만 보던 독도를 바로 눈앞에서 볼 수 있다니. 아! 하나님 감사합니다. 〈참 아름다워라, 주님의 세계는〉 찬송도 부르고, 단체 사진도 찍고, 독도의 숨결도 핸드폰 영상으로 담았다. 독도는 한마디로 하나님이 만드신 걸작품이었고 신비의 섬이었다. 주어진 시간에 못내 아쉬움을 남긴 채 울릉도로 향했다. 숙소를 정하고 준비해 온 영양탕으로 저녁 식사를 마친 후 울릉도의 야경을 보기 위해 숙소를 나섰다. 도동항에서 좌측으로 행남 해안 산책로는 우리를 무아지경으로 몰아넣었다. 오랜 세월 풍화작용으로 만들어진 기암 절벽과 티 없이 맑은 초록빛 바다는 하나님이 아니고서는 도저히 만들 수 없는 것이었다. 그리고 그것들은 신비로움이 깊어 가는 밤에 우리를 유혹하고 있었다. 지쳐서 그만 돌아갈까 망설이기도 했지만, 굽이굽이 출렁이는 파도 소리, 산 바위틈에서 자생하는 식물들의 싱그러운 내음, 끼룩끼룩 갈매기의 노랫소리에 무지개다리와 원형 계단의 난관도 극복할 수 있었고 환상 그 자체였다. "하나님은 참 멋쟁이십니다." 온몸은 땀으로 범벅이 되었지만, 기분은 하늘을 나는 듯 상쾌했다. 코 고는 소리와 함께 울릉도에서의 첫날밤은 깊어만 갔다.

### 둘째 날(09.01.)

육로 관광을 하기 위해 아침을 일찍 먹고 렌터카에 몸을 실었다. 저동을 지나 내수전 일출 전망대에 올라 죽도와 북저바위, 바다와 하늘 그리고 산이 어우러진 풍경은 한 폭의 그림을 보는 듯했다. 전망대에서 예배를 드렸다. 일본 사람들이 내 땅이라고 우기는 독도와 울릉도 그리고 우리 조국 대한민국 한국 교회 그리고 일행이 섬기고 있는 제단을 위해서 뜨겁게 기도했다.

다음은 저동에 있는 봉래폭포로 향했다. 올라가는 길이 그리 쉽지만은 않았다. 중간 지점에서 풍혈이라는 천연 에어컨이 있어 굴에 들어갔더니 찬바람이 굴속에서 나와 단번에 더위를 씻을 수가 있었다. 봉래폭포는 성인봉 깊은 골짜기에서 층층으로 떨어지는 물줄기가 모여 이룬 폭포라고 하니 하늘과 땅이 하나라는 것을 일깨워 주고 있었다. 성인봉을 오르기 위해 나리분지로 가는 길에는 가두봉터널을 시작으로 여러 개의 굴을 지나야 했으며, 거북바위, 얼굴바위, 남근바위, 곰바위, 만물상바위가 감탄을 자아내게 했다. 또한, 중간 지점인 태하에서 모노레일을 타고 향나무 전망대에 올라 태하, 현포의 절경을 감상할 수 있었다. 현포에는 바닷속 깊은 곳 암벽에서 생수를 뽑아 올리는 공장이 있다고 한다. 현포를 지나 코끼리바위, 송곳봉을 구경하고 천부를 지나 삼선암을 구경한 후 나리분지로 와서 늦은 시간에 산채비빔밥으로 점심을 해결했다.

누구나 올라갈 수 있다는 가이드의 말을 듣고 황 전도사는 자신이 없다고 돌아가고 나머지 일행은 성인봉을 오르기 시작했다. 갈수록 길은 가파르고, 땀은 범벅이 되었으며, 가슴은 뛰기 시작했다. 한 시간이 지나서야 150m의 고지에 올랐으니, 그 말인즉 정상까지는 3km가 남았다는 것이다. 앞서간 조 전도사는 보이지 않고 우리는 다시 왔던 길을 그대로 따라 하산하기로 했다. 천신만고 끝에 천부에서 마지막 버스를 타고 숙소에 도착하니 오후 7시였다.

저녁을 먹고 수요 기도회를 가졌다. 일행의 기도 제목을 놓고 통성으로 기도한 다음, 옆 사람이 마무리기도를 하는 중보기도를 했다. 그리고 국가와 민족을 위하여, 한국 교회를 위하여, 울릉도의 성시화를 위하여, 독도를 일본으로부터 지켜 주실 것을 그리고 함께한 동역자들의 사역을 위해서 기도를 하며 둘째 날 일과를 마쳤다. "주여, 불쌍히 여겨 주시옵소서."

## 셋째 날(09.02.)

아침에 일찍 일어나 창문을 열자 바람이 세차게 불고 있었다. 걱정이 현실로 닥친 것이다. 7시가 넘어 뉴스를 보니 태풍 콘파스 때문에 바닷길과 하늘길이 전부 다 막혔다는 소식이 들려 왔다. 드디어 올 것이 왔다고 생각하고 마음을 편히 먹기로 했으나, 불안하기는 마찬가지였다.

불안한 마음을 달래기 위해 오전에 윷놀이를 했다. 제주도 팀과 육지 팀으로 나눴는데 결과는 4승 4패였다. 진 팀원이 1,000원씩 낸 돈을 가지고 식사 한 끼를 보충했다. 오후에는 저동에 가서 소라도 사 먹고 울릉도 문어도 먹었다. 도동약수터, 역사사료관, 기념품 매장에 들러 기념품도 샀다. 숙소로 돌아와 저녁을 먹고 잠들었다.

### 넷째 날(09.03.)

'오늘 배가 들어올까?' 긴장하는 마음으로 일찍 일어났다. 창문을 열어 보니 바람이 잔잔했다. 아침 7시가 넘어 조전에게 배가 들어오는지 확인하라고 했다. '정상운행' 할렐루야! "하나님은 정말 멋쟁이셔." 아침을 먹고 배표를 끊고 남은 돈으로 오징어를 사서 기념 선물로 나누어 주었다. 콘파스의 여파로 바닷길에 풍랑이 일었지만 견딜 만하였다. 조전은 사업차 다른 사람을 만나러 헤어지고, 남은 일행은 저녁으로 해물찜을 먹고, 황전은 고속버스의 막차를 8시 40분에 태워 보내고, 제주도 사람들은 중앙교회 숙소에 여장을 풀었다.

다음날 7시 30분에 중앙교회로 가서 일행을 데리고 오거리 해장국 집에서 아침을 먹고, 한 사람은 대구공항에 가기 위해 시외 터미널에 나머지 두 사람은 고속버스 터미널에 데려다주고 오니 오전 10시였다.

누가 같이 여행을 한 달간 해 보면 인간성을 속속들이 알 수 있다고 하던데, 나의 속 좁은 마음 때문에 상대방들에게 걱정을 끼치지 않았나 자성해 봅니다. 켕기는 마음이 있다면 너그럽게 용서해 주십시오. 우리는 어차피 천국 가서 영원히 함께 볼 얼굴들이 아닙니까. 주 안에서 행복하십시오.

10.09.08.
파도치는 갈릴리 바닷가에서
조길원 드림

# 풍혈

울릉도 저동에서
봉래폭포 올라가는 중간 지점에
천연 에어컨 풍혈이 있었습니다
바위틈에서 내뿜은 찬 바람이
순식간에 땀과 노고를 다 씻어 주었습니다

주님의 몸 된 교회도
힘들어하는 인생 나그네 여정에
풍혈과 같은 쉼터가 되었으면
참 좋겠다는 생각이 들었습니다.

"수고하고 무거운 짐 진 자들아 다 내게로 오라 내가 너희를 쉬게 하리라(마 11:28)."

10.09.12.

난(蘭)

몇 년 동안 꽃을 보지 못해
아무렇게나 버려진 난 화분에서
꽃대 세 개가 올라왔습니다
화분을 닦고 난 잎을 정리하여 강단에 하나님께 올렸더니
가냘픈 꽃잎마다 시샘이라도 하듯
노오란 꽃송이가 대롱대롱 피어납니다
교회 문을 열고 들어서면
난 향기가 마중하고
성전 가득 채워진 향기가
우리 성도들을 취하게 하여
예수 향기로 온 마을을 덮었으면
거룩한 욕심을 부려봅니다, 아멘.

"우리는 구원 얻는 자들에게나 망하는 자들에게나 하나님 앞에서 그리스도의 향기니(고후 2:15)."

10.09.19.

# 감사의 계절

누렇게 익은 벼 이삭이 온통 황금 물결로 일렁이는 추수의 계절입니다. 지난 일 년 동안 적당한 햇빛과 비, 때로는 장마와 가뭄 또 태풍 고난과 역경을 이겨 내며 농부의 땀으로 맺어진 알곡들은 필요한 곳 채워 주고, 약한 것에 힘이 되는 하나님의 은혜요 감사의 결정체입니다.

이 가을에 손○원 목사님의 감사를 기억해 봅니다. 자신과 같은 죄인의 가문에서 순교자 아들 둘을 주신 것에 대한 감사, 그냥 죽은 것이 아니라 순교한 것에 감사, 미국 유학 준비 중이던 첫째아들이 더 좋은 천국 간 것에 감사, 아들 둘을 죽인 원수를 양자로 삼게 된 것에 감사.

그리고 무엇보다 이러한 현실에서 자신을 위로하기 위해서 찾아온 조문객들에게 '세상에 감당하기 힘든 감사를' 드릴 수 있는 축복에 감사를 하였습니다, 할렐루야.

"범사에 감사하라 이는 그리스도 예수 안에서 너희를 향하신 하나님의 뜻이니라(살전 6:18)."

10.10.10.

# 🕊 아름다운 이별

방송인이며 작가인 일명 '행복 전도사'를 자처하던 최○희 씨가 남편과 동반 자살을 했습니다. 죽음이란 이 땅에 살아있는 모든 것들이 반드시 거쳐야 할 필연의 과정입니다. 이 길을 걷지 않고서는 하늘로 돌아갈 수가 없습니다. 〈귀천〉을 노래한 천상병 시인은 죽음을 이 땅에 소풍 왔다가 돌아가는 귀로라고 했습니다.

세상을 마감하고 마지막 떠나는 모습은 아름다워야 하지 않겠습니까. 이 땅에 삶을 마감하고 떠나는 날 사랑하는 이들과 좋은 만남을 끝내고 아름다운 이별을 했으면 합니다. 하늘나라로 가는 아름다운 열차의 탑승은 이 또한 신의 은총이기 때문입니다, 아멘.

"주 안에서 죽는 자들은 복이 있도다 하시매 성령이 가라사대 그러하다 저희 수고를 그치고 쉬리니 이는 저희의 행한 일이 따름이라 하시더라(계 14:13)."

10.10.17.

# 🕊 고구마

교회 뒷밭에 심은 고구마를 캤습니다
줄기는 무성한데 열매는 별로인 곳도 있었고
생각 외로 고구마가 주렁주렁 달린 곳도 있었습니다
우리네 인생도 하나님의 추수 마당에서
무늬는 화려한데 별 볼 일 없는 사람도 있을 것이고
별로인 것 같은데 하나님으로 활짝 웃게 하는 사람도 있을 것이고
주여!! 후자의 인생이 되고 싶습니다.


"손에 키를 들고 자기의 타작 마당을 정하게 하사 알곡은 모아 곡간
에 들이고 쭉정이는 꺼지지 않는 불에 태우시리라(마 3:12)."


10.11.07.

# 🕊 만추(晚秋)

가을이 깊어 갑니다
단풍으로 치장을 했던 자연이 옷을 벗기 시작합니다
만추는 버리는 계절입니다
우리도 이제는 벗어야 할까 봅니다
세속의 꺼풀을 벗어야 하늘 영광을 보지 않겠습니까
며칠 전 산자락에 걸려 있는 가을 무지개를 보았습니다
서산에 노을이 지고
반대편 무지개는 석양을 받아 얼마나 아름다운지요
무지개는 하나님의 약속입니다
빨, 주, 노, 초, 파, 남, 보 조화 속에 하나님을 보았습니다
우리 모두 무지개처럼 서로 색깔은 달라도
같은 약속을 믿고 사는 하나님의 사람들입니다
만추에 빛을 발하는 저 무지개처럼
세상에 아름다움을 주는 무지개가 되어야 하지 않겠습니까
할렐루야.

10.11.28.

# 🕊 대림절

말씀이 육신 되어 사람으로 오시는 주님

성탄을 기다리며 길을 닦습니다

마음속 길을 엽니다

문들아 열릴지어다, 영원한 문들아 열릴지어다

영광의 왕이 들어가시리로다

기다림의 보람 안고 설레듯 마음 조아리며

세례 요한을 배워 마음을 비웁니다

오소서, 드소서, 편히 오소서

오솔길 돌고 돌아서 험한 가시밭길 따라

십자가의 외길로 내려오시는 주님의 성탄 기다립니다

행복한 기다림 그 주인공으로 우리는 영광을 부르며

환영 더 환영합니다.

10.12.12.

# 🕊 마지막 주일

한해를 뒤돌아보니
주신 분도 하나님
취하신 분도 하나님
살게 하신 분도 하나님
데려가시는 분도 하나님
하나님의 이름이 영광을 받으소서

온전히 내 뜻 내려놓고
하나님께 내 뜻 맡겨 놓고
새해에는 웃어 보리
더 크게 웃어 보리
하나님의 이름이 영광을 받으소서
"이 백성은 내가 나를 위해 지었나니
나의 찬송을 부르게 하려 함이니라."

10.12.26.

# 개나리

교회 옆 언덕바지의 노란 개나리가 활짝 피었습니다
겨울을 보내기에 그렇게 힘이 들었던지
4월을 맞는 3월의 마지막 선물인가 봅니다
개나리의 꽃말은 希望이요
'나의 사랑은 당신보다 깊습니다'
라는 뜻이라고 합니다
전쟁과 자연재해로 몸살을 앓고 있는
지구촌 곳곳에
희망의 소리가 들리고
너와 나의 사랑의 몸짓이
부활을 기다리는 우리 모두의 선한 욕심이었으면 합니다.

11.04.03.

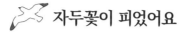 **자두꽃이 피었어요**

해풍에 밀려온 봄바람이 손에 잡힐 듯 구석구석을 따사롭게 비칩니다. 노란 개나리를 이어 연분홍 자두꽃이 활짝 피었습니다. 5년이 지나도 꽃이 피지 않아 베어 내려고 했습니다. 이른 봄, 톱을 들고 나갔다가 혹시나 싶어 자두농장을 하는 친구 장로님께 전화를 걸었습니다.

"한 해만 더 기다려 봐! 아마 올해는 꽃이 필 거야."

장로님의 자문을 받아 그냥 두었더니 잘했다는 생각이 들었습니다. 느긋하게 때를 기다리지 못하는 내 마음을 자두나무에게 들킨 것 같아 부끄러웠습니다. 크로노스(인간의 때)를 지나 카이로스(하나님의 때)를 기다리는 삶을 살아가도록 노력해 보겠습니다.

"하나님이 모든 것을 지으시되 때를 따라 아름답게 하셨고 또 사람들에게 영원을 사모하는 마음을 주셨느니라. 그러나 하나님의 하시는 일의 시종을 사람으로 측량할 수 없게 하셨도다(전 4:11)."

11.04.17.

## 山下(산하)

6월에 싱그러움이 내려옵니다
푸른 산이 내려오고
여름도 내려오니
하늘도 내려옵니다

뻐국뻐국 뻐꾹새 노랫소리에
하늘과 땅이 하나가 된 듯하여
사택문을 열었더니
나무가 성큼 다가섭니다
자연에 아름다움을 주신 하나님을 찬양하자고
자꾸자꾸 속삭이네요.

"호흡이 있는 자마다 여호와를 찬양할지어다, 할렐루야(시 150:6)."

11.06.26.

# 🕊 바로 이 맛이야

　교회 뒤 텃밭에 심어놓은 '가지'가 하나둘 보이기 시작합니다. 새벽 기도를 마치고 가지 세 개를 땄습니다. 공해가 없는 곳에서 농약을 치지 않고 키운 가지를 살짝 삶아 적당히 썰어 찬물에 담가 냄새를 뺐습니다. 그리고 간장에 고춧가루와 참기름을 넣어 만든 양념에 잘 버무렸습니다.

　고소한 냄새가 식욕을 돋워, 가지 반찬 하나로 아침밥 한 그릇을 후딱 비웠습니다. 바로 이 맛이야. 그 맛이 환상이었습니다. 어릴 때 엄마가 만드신 반찬에서 느꼈던 젖 냄새 바로 그 맛이었습니다.

　하루에 첫 시간은 하나님께 드리고 텃밭에서 상추, 고추, 옥수수, 가지, 오이, 참외, 수박, 토마토, 고구마들을 만나고 뒷산 골짜기에서 내려오는 새벽 이슬을 만나는 그 맛이 얼마나 황홀한지 저들은 알랑가 모르겠네?

11.07.17.

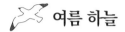 # 여름 하늘

하늘이 구름 사이로
바람을 타고 훨훨 날아갑니다
어디 급한 볼일이 있는 모양이지

허긴 이곳저곳 여기저기
해야 할 일이 좀 많으시겠습니까
내게 맡겨도 될 텐데 아직 못미더우신 모양이지요
내 모습 이대로 언제 하나님 쓰시려나!

"여호와께서 지존하시니 이는 높은 데 거하심이요 공평과 의로 시온
에 충만케 하심이라(사 33:5)."

11.07.24.

## 🕊️ 하늘 한번 무너지고

하늘이 뚫렸습니다.
뚫린 하늘로 물 폭포가 쏟아졌습니다
산이 무너지고 집도 무너졌습니다
사람들의 마음도 무너졌습니다
자연 앞에 인간이 얼마나 무력한가를 보여 주었습니다
하늘 한번 무너지니
모든 게 다 무너졌습니다


하나님 아버지
인간들이 쌓아 놓은 바벨탑을 용서하소서.


"땅이 혼돈하며 공허하며 흑암이 깊음 위에 있고 하나님의 영은 수면 위에 운행하시느니라(창 1:2)."


*11.07.31.*

# 은빛 날개

여름 휴가차 찾아온 두 아들의 가족들과 교회 앞 바다에 해수욕을 갔습니다. 손주들에게 추억을 심어주려고 피곤한 줄 모르고 열심히 놀아 주었습니다. 잠시 모래사장에 누워 쉬고 있는데 건너편 바위 위로 은빛 고기 떼가 날개를 단 것처럼 기어오르고 있었습니다.

바윗돌에 찢겨 다리에 피가 흘러도 모른 채 바위로 올라오는 고기들을 손주들과 함께 열심히 잡았습니다. 모기장으로 만든 그물로 떼 지어 다니는 물속 고기를 잡기도 했습니다. 손주들은 신이 났습니다. 덩달아 할아버지도 신이 났습니다.

어느샌가 고기 떼가 사라져 버렸습니다. 도시 생활에 찌든 아이들에게 하나님이 잠시 멸치 떼를 보내 주신 모양입니다. 별빛 쏟아지는 밤 하늘 아래서 잡은 고기를 구워 먹으며 하나님이 만들어 주신 예쁜 추억 하나 먹었습니다. 아멘.

11.08.07.

 # 가을빛

온 세상이 가을빛으로 넘쳐납니다
가을빛으로 넘쳐나는 들녘에서
허수아비처럼 두 팔을 벌리고 서 있고 싶습니다

인생이 세월의 강물에 씻겨가는 것이라면
가을빛 아래 그 아름다움만 드러나는 삶이 되고 싶습니다

가을빛이 오는 것만으로도 세상은 이렇게 아름다움으로 넘쳐나는데
하나님이 찾아오는 인생은 얼마나 아름다울까요?

"바다가 그의 것이라 그가 만드셨고 육지도 그의 손에 지으셨도다(시
95:5)."

11.09.25.

## ✏️ 아내에게 쓰는 편지 2

여보! 당신과 부부로 만난 지 41년이 되었군요. 치렁치렁 생머리에 보기만 해도 안고 싶어 예천 가는 차 안에서 애정행각 벌이다가 술에 취한 불청객에게 혼이 나던 옛날 생각이 나는구려. 부족한 날 만나 고생만 했수다. 언제나 마음만은 당신은 내게 전부였어요. 신혼 때는 시댁 식구들 때문에 고생시키고, 중년에는 아이들 키우고 먹고 살기 위해 고생하고, 근래에는 마음고생 한없이 시킨 것 같아 참으로 미안하고 죄송해요. 그러나 내겐, 당신은 언제나 전부였고 의지였다오.

여보! 우리가 이제 살아봐야 몇 년을 더 살겠소. 저녁노을의 아름다움처럼 남은 날 정말 이쁘고 아름답게 살아갑시다. 누가 뭐라고 해도 서로 믿고 의지하며 살다가 거의 동시에 하늘나라로 이사 가요. 꼭 그렇게 되도록 우리 하나님께 기도합시다. 이제 한나도 짝을 찾았고 어쩌면 우리의 지금 생활에 가장 걱정 없고 행복한 날인지 모른다오. 영이 걱정에서도 해방되고 말이요. 자식들을 위해 열심히 기도합시다. 그저 당신 몸만 아프지 않고 건강하면 이것이 나의 바람이오. 앞으로 당신 건강도 내가 챙길게요.

여보, 사랑해요! 여보, 사랑해요! 여보, 사랑해요!

11.10.
아내의 생일과 결혼기념을 맞으며
당신을 사랑하는 남편이

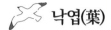 # 낙엽(葉)

노란 은행잎이 눈 오듯 우수수 떨어진다
길바닥에 떨어진 낙엽이 바람 따라 뒹군다
진한 푸르름을 자랑하며
지난여름 비바람 강풍에도 잘도 견디더니
바람이 불지 않아도 너무나 쉽게 떨어진다

잎새마다 새겨진 형형색색의 삶에 애환을 보며
지난날의 추억을 회상하듯
낙엽으로 지는 그들은 아름다운 뒷모습만 남긴다

세월도 명예도 많이 가진 것도 무슨 소용인가
살아 있다는 것 그 자체가 행복인데
자기에게 주어진 삶에 최선을 다하고
후회 없이 떨어지는 것이 아름다운 인생! 천국 길일진데.

11.11.27.

# 🕊 바다를 보자

정치판이 요동을 친다
나라 전체가 들썩인다
20년에 돌아온 총선과 대선 바람에 꼴뚜기도 뛰고 망둥이도 뛴다
하나님 마음에 합한 사람
과연 다윗 같은 지도자가 누구일까

바다를 보자
그리고 바다를 배우자
바다는
몸과 마음이 썩으면서도 부대낀다고 불평하지 않고
이해하고 수용하고 사랑한다
바다는 이름 없는 섬 하나도 소중히 가슴으로 껴안는다
병들지도 않고 시들지도 않고 언제나 모든 것을 받아들이는 바다
그대 앞에서 한없이 부끄러운 이 시대여!

"바다가 그의 것이라 그가 만드셨고 육지도 그의 손이 지으셨도다.
오라 우리가 굽혀 경배하며 우리를 지으신 여호와 앞에 무릎을 꿇자(시
95:5-6)."

12.02.19.

# 🕊 성지순례

　남의 얘기로만 들리던 성지순례가 내게 현실로 다가왔다. 하나님의 전적인 은혜와 자녀들의 효심으로 오후 1시 30분 대한항공기에 몸을 실었다. 축하라도 하듯 날씨가 너무 좋았고 중간 기착지인 이집트 카이로행 비행기는 빈자리 없이 만석이었다. 급유를 보충하기 위해 구소련 땅인 우즈베키스탄에 도착한 시간은 오후 6시가 넘어서였다.

　일행은 비자를 받기 위해 우즈베키스탄 공항의 대합실에서 1시간 이상 기다리는 동안 날씨가 그리 춥지 않은데도 긴 망토를 입은 소련인들의 모습은 인상적이었다. 타고 온 비행기에 다시 탑승한 일행은 종착지인 카이로까지는 6시간이 소요된다는 기장 안내에 아직도 지친 일행은 체념한 상태다.

　다행히 우즈베키스탄에 내린 승객 덕에 여기저기 빈자리가 있어 나도 웅크린 채 길게 누워 자다가 깨다가, 자다가 깨다가를 반복했다. 40분 후, 착륙한다는 기장에 안내 방송을 듣고서야 일어났다. 무려 12시간 넘게 걸렸는데도 그렇게 지루함을 느끼지 못했다.

　이집트에 입국 수속을 마치고 현지 가이드이신 제씨 성을 가진 여행업 사장으로 소개하는 제 사장님의 안내를 받아 호텔에 첫날 여장을 풀었다.

12.03.25.

# 인생

세상에 올 때 내 맘대로 온 건 아니지마는
이 가슴엔 꿈도 많았지
내 손에 없는 내 것을 찾아
낮이나 밤이나 뒤볼 새 없이 나는 뛰었지
이제 와서 생각하니 꿈만 같은데
두 번 살 수 없는 인생 후회도 많아
스쳐 간 세월 아쉬워한들 돌릴 수 없으니
남은 세월이나 잘 해봐야지
돌아본 인생 부끄러워도 지울 수 없으니
나머지 인생 잘 해봐야지
나머지 인생 잘 믿어야지.

12.04.29.

## 오월

누군가 5월을 계절의 여왕이라고 불렀답니다.

신록의 싱그러움과 푸름이 잡다한 세상사 다 덮어 버리고 못내 오월을 보내기가 아쉬운지 주렁주렁 매달린 아카시아 꽃들도 앞다투어 꽃 망울을 터트립니다.

진한 향기가 예배당 가득 채워 주고 오래 머물고 싶습니다. 마음도 열고 영혼의 창도 열어야겠습니다. 행복은 아카시아 향기와 같은 것이기에 보이지는 않지만 느낄 수는 있습니다.

하늘 향기가 들어오고 천상의 소리도 들려 옵니다. 하늘을 바라보며 겸손히 영혼의 창문을 내릴 때 내린 만큼 하늘은 채워 줄 테니까요.

이 땅에서 하늘 행복을 누리는 사람은 하늘을 향해 언제나 마음을 열고 살아갑니다. 저 아카시아 꽃처럼 말입니다.

12.05.20.

## 바람으로 살고 싶어

풀잎 끝에 매달려
파르르 떨게 하는 바람이고 싶어라

어디에 스쳐 지나든 생채기를 남기지 않는
지나가 버리는 나그네로 살고 싶다
드넓은 강물 위에 맨몸으로 건너도
큰 물결 일으키지 않는 소슬바람으로 살고 싶어라

오랫동안 한곳에 머물러도
향기만 전해 주는
예수 바람이고 싶어라.

12.08.26.
바람처럼 여행을 다녀와서

# 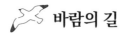 바람의 길

바람이 자기 길을
가고 싶은 곳으로 갈 수 없듯이
나도 한 번도
내 길을 갈 수 없습니다

바람이 자기 얼굴을
드러낼 수 없듯이
나는 한 번도
내 얼굴 보이기가 부끄럽습니다

그러나
바람이 뜻 없이 그냥 지나는 것 볼 수 없듯이
나도 내가 가는 길
어디에도 바람처럼 흔적 남기고 떠나는
그분의 의지가 되고 싶습니다.

12.09.23.

## 인생 네비게이션

어떤 나라에 태어나느냐에 따라
그의 조국이 결정되고

어떤 부모를 만나느냐에 따라
가정이 결정되고

어떤 신을 만나느냐에 따라
영혼이 결정됩니다

특별히 예수 그리스도를 만나느냐
못 만나느냐는 그 사람에 인생 결과가 결정됩니다

예수 그리스도를 만나는 인생과
예수 그리스도를 만나지 못하는 인생은
출발부터 끝까지 다릅니다.

12.12.23.

# 🕊 하늘 문이 열리고

저는 지난 주간 두 사건을 통해 크게 감명받았습니다.

하나! 병원에서 조직검사를 받기 위해 MRI 통 속에 들어갔습니다. 캄캄한 통속에 있는 40분 동안 겁과 두려움에 떨었습니다. 시끄럽고 몸은 움직일 수 없었고 한 시간도 아닌데도 이렇게 불안하고 두려운데 하물며 고통으로 가득하다는 지옥은 어떨까 생각만 해도 아찔했습니다. 예수님을 구주로 믿음으로 지옥 갈 죄인이 천국 백성이 된 것이 얼마나 감사한지 모릅니다.

둘! 우리의 위성 나로호가 드디어 하늘로 올라갔습니다. 2005년을 시작으로 두세 번의 실패를 거쳐 드디어, 1월 30일 오후 4시 땅을 박차고 열린 하늘 문으로 우주 공간에 진입한 것입니다. 그 장면이 얼마나 장엄하고 감격스러웠던지 눈시울이 뜨거웠고 가슴이 뛰었습니다.

그동안 마음고생 많이 한 과학자들과 관계자 여러분에게 격려와 찬사의 박수를 보냅니다. 특사로 언론의 뭇매를 맞고 있는 이명박 대통령과 총리 인선 실패로 마음고생하는 박근혜 당선자에게도 위로와 희망의 메시지가 되었으면 참 좋겠습니다. 인공위성 나로호의 성공은 우리 국민 모두의 성공입니다.

하늘 문이 열렸습니다. 하나님이 보우하사 우리나라 만만세입니다, 아멘.

13.02.03.

# 🕊 산소 도시 태백을 찾아!

### 태백석탄박물관

민족의 영산 태백산 중턱에 자리한 석탄 박물관은 한국 석탄사(史)의 변천사를 한눈에 볼 수 있었다. 1997년에 개관된 박물관은 암석, 광물, 화석, 기계장비, 도서·문서, 황토 사료 등 당시 광부들의 생활용품 750여 종의 소장품을 전시해 놓았다. 특히 지하갱도에 내려가 당시 광부들의 석탄 채취 과정을 재현해 놓은 것을 목도하면서 연탄 시대를 살아온 지난날을 회고해 보니 선조들의 목숨을 담보한 희생으로 오늘의 번영을 누릴 수 있다는 생각에 고개를 숙일 수밖에 없었다.

### 용연동굴

태백시 화전동에 있는 용연동굴은 강원도 지정기념물 39호로 해발 920m 전국 최고(高)지대에 위치한 천연동굴이다. 일억 오천만 년 전에 생성된 자연 동굴로 추정하며 다양한 석순과 종유석, 동굴산호로 신비함을 느끼게 하고 전장이 843m로 관람 시간은 약 40분 정도 소요되었고 국가 민란 때 피난처로 이용되었다는 흔적이 있었다고 한다.

### 백두대간 기차 여행

철암에서 봉화로 가는 기차선로를 따라 백두대간 협곡열차라는 이름으로 관광객을 유치하고 있었다. 철암역에서 일행을 태운 열차는 백두대간 낙동강 상류를 따라 우리나라에서 가장 작다는 양원 간이역을 거처 분천역을 마지막으로 가던 길을 되돌아오는 약 한 시간이 소요되는 코스이다. 천천히 달리는 객실에 앉아 창밖에 펼쳐지는 자연과의 교감은 하늘과 나 그리고 진선미 영성의 깊은 세계에 온 듯 황홀 그 자체였다. 특히 간간이 지나는 굴속에서 커플 이벤트로 만들어 놓았다는 키스 타임은 기차 여행의 재미를 더해 주고 있었다.

추신: 자연 속에서 하나님을 만날 수 있도록 오늘을 주신 예수님의 은혜에 감사하고 모든 찬송과 영광 오직 하나님께 올려드립니다. 아침 7시에 출발해서 저녁 10시에 돌아온 무리한 일정이었지만 잘 준비해서 헌신해 주신 회장님을 비롯한 임원진 여러분께 진심으로 감사를 드립니다. 감사합니다.

2013년 여름
대탄갈릴리교회 조길원 전도사 드림

# 추(秋)

설레는 가을
천고마비의 계절이라
푸른 들판이 황금색으로 변하고
푸른 산도 곧 붉은 옷을 갈아입겠지

하나님은 멋쟁이 화가
봄, 여름, 가을, 겨울
삼라만상 흰 눈 덮어 잠재우시다가
부활의 새봄을 또 주시겠지
"다 지나감이라, 아멘."

13.10.13.

아내 황경래 권사

# 내 나이 몇 살일까?

언제 와 닿았는가
인생의 끝자락에
소리 없이 다가와 나를 혼란스럽게 하네

부지런히 살다가 보지 못했나
보려고 하지 않아 보지 못했나
시간도 세월도 이만큼 멀리 왔네

머리에 흰 머리칼 초청도 안 했는데
이마에 주름살도 찾아와 나와 놀자고 하고
지나가는 날들을 붙잡으려고 해도
내 손끝에서 자꾸 멀리 떠나네.

14.03.16.

아내 황경래 권사

## 오, 우짜꼬!

어매, 우짜꼬
아까 조금 전에 신년예배 드렸는데
움도 트고 꽃이 피는 삼월이네

오, 우짜꼬
참 세월 빨리 간다유
날개 달린가 봐유
뜰 앞에 앉아 있으니 아지랑이
반짝반짝 아롱아롱
참 따뜻하고 좋아라이

오, 우짜꼬
쪼금 쪼끔 눈 감았다가 떠 보면
개구리도 개골개골 웅웅 응응 울겠지라이
참 좋아라이
오, 하나님 감사합니다.

14.03.22.
아내 황경래 권사

# 🕊 4월(死月)

누가 아니랄까 봐 이렇게 잔인한 것이더냐
꽃다운 청춘이 그리도 샘이 나던 것이더냐
이제 겨우 열일곱 꿈을 꾸고 꾸어도
밤이 모자라기만 한 우리의 아들딸들
너희가 물에 잠겨 들어갈 때
우리는 보고만 있었구나

용서하지 마라
우리가 죄인이다, 우리 어른들의 죗값이다
설렘으로 가득 찬 수학여행 길
저 깊은 바닷속에서 얼마나 추웠겠니

미안하다
구하러 올 것이라는 어른들을 믿고 기다리던
너희들의 주검 앞에 무어라 사죄를 할까
무릎 꿇고 눈물 흘린다고 용서가 되겠나
얘들아! 부활의 소망으로 위로받고 싶구나!

14.04.27.

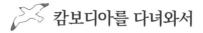
## 캄보디아를 다녀와서

### 첫째 날(03.17.)

충무교회와 을지로교회의 도움으로 올해는 연구회가 헤브론병원이 있는 프놈펜에서 개최되었다. 외국에 간다는 설렘으로 밤잠을 설쳤지만 정해진 시간(오후 4시 30분)이 되지 않아 공항에 도착하여 동료가 준비해 온 김밥으로 점심을 먹고 있자니 전국에서 그리운 얼굴들이 속속 도착했다.

오후 7시가 넘어 일행을 태운(전도사님 22명, 충무교회·을지로교회 11명) 아시아나 항공기가 이륙했다. 창가에 자리한 나는 흰 솜털 위를 나는 한 마리 새가 된 것처럼 어두워져 가는 창밖의 풍경을 내려다보며 멀어지는 야경을 만끽했다.

비행기가 이륙한 지 6시간이 지나서야 프놈펜 공항에 도착했고, 헤브론병원의 원장이신 김○정 선교사님의 따뜻한 영접을 받았다. 간단한 안내를 마치고 숙소인 호텔로 이동하여 하루의 여장을 풀었다.

### 둘째 날(화요일)

호텔에서 아침 식사를 마치고 병원에서 보내 준 버스를 타고 헤브론병원에 도착하여 사역이 시작됐다. 아침 일찍부터 진료를 받기 위해 찾아온 현지인들과 한 시간가량 예배를 드리고 선교사의 안내고 병원 이곳저곳을 돌아본 후, 조별로 환자들을 위한 중보기도에 들어갔다. 입원실에 들러 입원한 환자들을 위해 기도하고 복음을 전하는 전도사님들의 모습 속에 예수님의 형상이 보이는 듯했다. 예배실에 모인 일행은 안○평 목사님(을지로교회)의 주제 강의를 들었다.

점심은 병원 구내식당에서 준비해 주신 쌀국수가 얼마나 맛있던지 두 그릇을 거뜬히 비우는 동료들도 있었다. 오후에는 부원장이신 이철 선교사가 병원 전반에 관한 어제와 오늘 그리고 비전을 상세히 소개해 주셨다. 김○대 선교사님의 열정과 눈빛 속에서 통합 선교의 내일을 볼 수 있었고, 캄보디아 장신대 총장 전호진 박사로부터 선교의 길이 얼마나 힘들고 먼 십자가의 길인지를 가슴 깊이 되새길 수 있었다.

저녁은 구내식당에서 먹고 병원에 근무하는 사역자들과 함께 수요예배 겸 종강예배를 드렸다. 에스더 47:1-12, 시편 126:4-6의 본문을 가지고 충무교회 이기엽 목사님이 회복하게 하시는 하나님이란 제목의 설교는 우리에게 큰 위로를 주었고, 헤브론병원을 위하여 캄보디아 선교를 위하여 드린 통성기도는 응답의 은혜로 하나님께서 이루어 주실 것은 확실히 믿는다.

### 셋째 날(수요일)

오늘은 농촌 지역에 이동 진료를 하러 가는 날이다. 병원 의료진들과 함께 아침 일찍 출발하였다. 두 시간을 버스로 가서야 목적지에 도착했다. 야자수가 우거진 조용한 농촌 마을에 도착한 뒤 서울 금호교회가 지어 주었다는 지붕만 덮인 예배처소로 향했다. 병원 팀은 진료 준비를 하고 우리는 세 조로 나누어져 병원에서 준비해 준 선물을 가지고 각 가정을 방문하였다. 준비해 온 선물을 주고 기도해 주고 진료처소를 안내하였다. 비록 말은 다 알아들을 수 없었지만, 눈빛 속에서 저들의 마음을 읽을 수는 있었다. 야자수 나무에서 수액을 받아 열을 가하여 설탕을 만드는 모습이나 현지 전도사님의 지도를 따라 찬양과 놀이를 하는 어린아이들의 모습, 아무런 조건 없이 하나님의 사랑으로 섬기는 선교사들이 흘리시는 땀 속에 캄보디아 선교의 내일이 보이는 것 같아 마음이 흐뭇했다.

점심은 병원 식당에서 준비해 간 도시락으로 해결하고 병원으로 돌아와 똑똑이를 타고 프놈펜 재래시장과 킬링필드 역사의 현장을 돌아보았다. 시장은 아직도 비위생적이었지만 열심히 살아가려고 하는 캄보디아인들의 마음을 느낄 수가 있었고, 킬링필드 역사의 현장에서는 하나님을 떠난 인간이 얼마나 악해질 수 있는가를 알 수 있었던 유익한 시간이었다.

저녁은 시내 식당에서 먹고 장로님의 배려로 매콩강 야경을 구경하면서 시원한 아이스크림으로 하루의 피곤함을 씻었다.

### 넷째 날(목요일)

아침은 숙소인 호텔에서 먹고 관광지인 앙코르 와트로 이동하는 날이다. 가는 길에 마트에 들러 교인들에게 줄 선물(건망고)을 샀다. 프놈펜에서 씨엠립까지는 6시간이 걸린다고 하는데, 도로 공사로 저녁이 되어서야 목적지에 도착했다. 선교사님의 은혜로운 간증 시리즈와 안내, 함께 부르는 찬양으로 지루한 줄 모르고 도착할 수 있었다. 온종일 버스를 타고 가는 동안 거의 산이 보이지 않았으며 지평선만 펼쳐 있었고, 비가 오지 않는 건기인 탓인지 메마른 땅에 야윈 소들이 풀을 찾고 있는 모습을 보며 애처로운 마음이 들었다. 어둠이 찾아와서야 목적지에 도착했고, 바로 뷔페식당에 가서 저녁을 먹으면서 민속춤을 관람했다.

### 다섯째 날(금요일)

오전에는 앙코르(도시) 와트(사원)를 구경했다. 세계 최대 규모의 석조 힌두교 사원으로 이집트의 피라미드, 중국의 만리장성 등 세계 불가사의 건축물 중 하나라고 한다.

오후에는 수상 마을을 구경했다. '인구보다 땅이 넓은 나라에서 왜 하필 호수 위에 살까?' 하는 의구심을 가지고 갔다. 버스를 타고 또 배를 타고 배 위에 사는 국적이 없는 난민들을 보면서 측은한 마음이 들었고, 우리는 참 행복하게 살고 있다는 생각을 하자니 미안함과 감사함이 교차하는 묘한 기분이다. 악어가 있는 호수, 그곳에 떠 있는 배 위에서 코코아를 한 단지씩 마시고 돌아오는 길에 시장에 들렀다. 동료의 도움으로 아내와 함께 낄 은으로 만든 커플 반지(여보 날 버리지 마)도 마련하고 손주들 줄 옷도 한 벌씩 샀다.

저녁은 맛있는 샤부샤부로 하루의 피로를 풀고 드디어 공항으로 이동할 시간이 되었다. 아무것도 사 오지 말라는 가족들의 전언이 있었지만, 모두 뭘 그렇게 많이 샀는지 공항까지 오는 길에 짐을 싣느라 고생을 했다.

### 헤어지면서

드디어 아쉬운 작별의 시간이 되었다. 그동안 우리를 위해 수고하신 병원장 김○정 선교사님, "우린 동업자이니까!"라고 하시던 당신의 말씀이 기억에 오래 남을 것입니다. 예수님을 위해 모든 기득권 다 내려놓으시고 척박한 땅 캄보디아에 가서서 헤브론 정신으로 사시는 당신을 비롯한 헤브론 선교팀, 주님의 이름으로 존경합니다. 그리고 사랑합니다. 또한, 기도하겠습니다. 지금도 故 박○렬 목사님의 뜻을 받들어 우리 전도사들을 섬기시는 충무교회와 을지로교회 목사님과 당회 여러 성도님 앞에 무한한 감사를 드리며 저희는 그 뜻을 따라 주어진 사역지에서 기도와 말씀, 복음 전파에 힘을 쏟겠습니다. 감사, 감사합니다.

헤브론 선교 길에 함께하신 길동무 전도사님 여러분! 우리는 동업자이니까! 진짜, 진짜 사랑합니다. 어꾼, 어꾼 찌라이.

2014년 부활절을 바라보며
동해 갈릴리교회 조길원 전도사 드림

# 五月

솔솔 부는 봄바람에
연둣빛이 녹색으로
잔인한 4월도 5월로
우리 모두 절망에서 희망으로
오월엔
이 땅이 하나님의 사랑으로 충만했으면!

14.05.11.

하루속히 세월호의 아픔을 넘어

# 찌라도 섬

찌라도라는 섬에 가 보셨습니까
이 섬은 성경이라는 지도를 보고 갈 수 있는 곳입니다
소록도는 찌라도입니다
건강하지 않을 '찌라도'
한센병에 걸렸을 '찌라도'
가진 것이 없을 '찌라도'
사람에게 버림받았을 '찌라도'
세상 행복의 조건이 하나도 없을 '찌라도'
오직 예수님 덕분에 행복한 사람들이 사는 섬입니다
우리가 감사하면 하나님이 행복해하십니다
우리가 감사하면 이웃이 행복해합니다
우리가 감사하면 가정이 행복해집니다
우리가 감사하면 교회가 행복해집니다
우리 모두 '찌라도 섬'으로 갑시다.

14.10.26.

 # 한 매듭

**브니엘(해오름)**

흘러가는 시간에 나를 실어
구름 타고 두둥실 저 하늘에
하나님 앞에 서원한 보따리
갈릴리 쪽배에 실어
한 해가 가고 또 한 해가 오누나
옥색 바다 위에 띄워 볼 거나
갑신년 해 오름이여
새 소리 담고 별빛 담고
풀벌레 소리 섞인 기도 담아
해 거름에 당신 앞에 던져 놓으면
영생의 꽃으로 피어나려나?

2005년 1월
대탄교회 조길원 전도사 기독 공보 시향으로 게재

"야곱이 라헬을 위하여 칠 년 동안 라반을 봉사하였으나 그를 연애하는 까닭에 칠 년을 수일같이 여겼더라(창 29:20)."

사랑하는 성도 여러분, 만 11년 4개월 대탄갈릴리교회 목회자의 짐을 이제 내려놓으려고 합니다. 아쉬운 점도 없진 않지만, 그간 세상 소리에 귀 기울이지 않고 하나님의 음성만을 들으려고 노력했습니다. 순간순간 하나님이 일하셨습니다. 재정적으로 어려우면 길로 가던 천사를 보내 주었고, 힘이 빠져 있을 때는 갖가지 기적을 체험하게 하시어 하나님이 살아 계심을 확증하셨습니다. 그간 기도로, 물질로 사역에 동행해 주신 모든 분께 진심으로 감사를 드립니다. 베풀어 주신 은혜를 잊지 않고 사는 날 동안 기도로 갚겠습니다. 특히 생사고락을 같이한 갈릴리교회 성도들에게 고개 숙여 감사드립니다. 부족한 저에게 모든 것을 맡기고 따라 주신 그 사랑, 결코 잊지 못할 것입니다. 정말로 분에 넘치는 사랑을 받았습니다. 힘이 들 때면 '일당백'이라는 구호를 외치며 스스로 위로를 받았고, 우린 숫자로는 적지만 100% 모두 천국에 갈 것을 약속하면서 자위하기도 했습니다. 먼저 천국에 가 계신 김○분 권사님, 박○례 권사님, 김○옥 집사님, 서 장로님, 김 장로님! 저도 곧 갈 것입니다. 저를 꼭 안아 주십시오.

(권사: 김금분, 서순예, 박옥데, 임덕조, 백정숙)
일시: 2007년 5월 5일 오전11시30분 • 장소: 대탄갈릴리교회

✝ 대한예수교
　장로회 **대탄갈릴리교회**

갈릴리교회사명선언

◆ **표어 : 진보를 보이는 교회(딤전 4:15)**
⊙ 믿음의 역사는 / 행함으로(약 2:17)
⊙ 사랑의 수고는 / 섬김으로(막 10:45)
⊙ 소망의 인내는 / 기쁨으로(롬 12:12)
(너희 믿음의 역사와 사랑의 수고와 우리 주 예수 그리스도에 대한 소망의 인내를 우리 하나님 아버지 앞에서 쉬지 않고 기억함이니 살전 1:3)

## "가을 바다"

[갈릴리 편지 아백 이십 여섯 번째]

228번까

쏴아 쏴아, 철석 철석
어제밤엔 밤이 새도록 파도가 자장가를 불렀다
밀려와서 부서지고 또 밀려가고
파도가 밀려간 자리에
하얀 눈꽃이 가을을 맞고

지난 밤에는 하나님이 밤새 일을 하셨어요
동해, 서해, 남해
휘젓고 다니시는 하나님의 발길따라
바다는 살아나고 고기는 신이나고

세상이 잠든 깊은 고요한 밤
야웨는 졸지도 주무시지도 않고
바다 갈아 엎느라 피곤하신 모양이다
긴 하품을 하시는 것을 보니! 아멘
(이스라엘을 지키는 자는 졸지도 아니하고 주
무시지도 아니하시리라 시121:4)

## 담임교역자 조 길 원
### 찬양 : 임덕조, 최옥련

766-800 경북 영덕군 영덕읍 대탄동 13번지
☎ 교회 : (054) 732-7321, 핸드폰 : 010-9161-0675

## 마지막 편지

- **2015년** 대탄갈릴리교회 전도사직을 내려놓다
- **2016년** 장남 현석이를 하늘로 보내다
- **2016년~2018년** 풍성한 교회, 하울교회에서 말씀을 전하다
- **2018년** 파킨슨증후군 판정을 받다
- **2020년** 하늘로 부르심을 받다

# 가깝고도 먼 대마도 여행 이야기

## 이야기 하나, 대마도

우리 일행 25명은 대마도에 가기 위해 2015년 4월 9일 오전 5시에 제일교회 주차장에 집결하였다. 처음 가는 일본 여행이라 설레는 마음으로 갔더니 약속한 시각이 채 되지 않았지만 거의 도착해 있었다. 우리를 태운 버스는 5시 10분경에 출발하였다. 총무가 준비해 온 김밥으로 아침 식사를 했다. 이번 여행은 부부 동반 여행이었는데, 걷기 힘든 아내가 내게 부담을 주기 싫다면서 가지 않겠다고 하여 나는 박○희 장로님과 짝을 이루었다. 버스에서, 배에서, 숙소에서 함께 있어 많은 이야기를 나눴고 서로를 이해하는 유익한 소통의 시간이었다. 미리 대기하고 있던 드림여행사 김○숙 가이드의 안내로 간단한 출국 수속을 마치고, '코비'라는 그리 크지 않은 배에 올랐다. 뱃멀미가 있으면 어쩌나 걱정을 했는데, 다행히 바다가 잔잔하여 창가에 앉아 오랜만에 바다와 하늘을 느끼며 여유로운 호기를 부렸다. 이것이 여행의 맛인가?

배가 부산항을 떠난 지 한 시간밖에 되지 않았는데 조금 있으면 대마도 히카츠항에 도착한다는 선장의 안내방송이 흘러나왔다. 부산에서 불과 한 시간 남짓 왔는데 왜 대마도는 일본 땅인가? 짐을 챙겨 입국 수속을 밟는데 가이드가 귀띔해 준 대로 의외로 까다롭고 복잡하였다. 선진국인 일본에 출입국 시스템이 짜증이 날 정도로 오래 걸리다니, 승객 대부분이 한국인이라 얕보고 그런 것이 아닐까 공연한 생각이 들어 화가 났다.

점심 식사를 마치고 대마도 관광이 시작되었다. 대마도는 지리적으로 한반도와 가깝기 때문에 오래전부터 우리나라 사람들이 많이 건너와 살았다고 한다. 우리 옛 지도에는 대마도를 제주도와 함께 당연히 우리나라 섬으로 그려 넣고 있다. 면적은 제주도의 40%, 울릉도의 세

배 정도이고 인구는 약 3만 4천 명이며, 매년 20만 명이 찾아오는 한국인들의 관광 수입으로 살아간다고 한다. 미우다 해수욕장(결이 고운 모래)은 그리 크지 않은 하늘과 작은 섬, 옥색 바다가 잘 어울리는 작고 앙증스러운 아름다운 해수욕장이었다.

도노자끼 전망대는 하늘이 맑은 날이면 부산이 보인다고 하여 한국 전망대라고 불린다고 했다. 가이드의 말대로 희뿌옇게 보이는 것 같기도 했다. 한국 조정에서 보낸 역관사들의 수난비와 무궁화 문항을 보고 〈오후라〉 최초 서양 선교사 〈백제은행나무〉 300년의 고목으로 죽은 것 같다가 봄이 되니 잎이 피고 있었다. 〈성삼위일체 기도처〉 그 외 역사가 숨어 있다는 여기저기를 돌아보았다.

### 이야기 둘, 대마도 은혜교회

우리나라에 복음이 들어온 지 오래지 않아 1935년 6월 6일 대마도에도 복음이 들어왔다는 기록이 나까시끼현 이즈하라 조선기독교회 1주년 기념사진이 역사 속에 빛바랜 사진으로 남아 있다고 한다. 1934년에 세워졌으나 일제의 탄압으로 폐쇄된 것으로 보인다. 지금 대마도에는 104년의 역사를 가진 이즈하라 성공회 요한교회와 34년의 역사를 가진 쿠타대마 그리스도 복음교회 두 곳뿐이며, 복음화율은 아랍권에도 못 미치는 실정이라고 한다(성도 10여 명).

박○철 목사님(통합 총회 파송)이 사역하시는 대마은혜교회는 한국어로 예배드리는 교회이다. 대전에서 제법 큰 교회를 담임하시던 목사님은 어느 날 쓰러지셨다고 한다. 설상가상으로 가족들의 생활을 책임지던 아내까지 우울증에 걸려 죽음 진전까지 내몰리게 되었다고 한다. 친구의 권유로 휴양차 대마도에 왔다가 한국어 교실로 대마도 선교의 비전을 하나님께서 보여 주셔서 눌러앉게 되었다고 하셨다. 처음에는 대전노회 파송 선교사였으나 지금은 총회 파송 선교사라고 자랑을 하셨다.

교회는 전세로 얻어 주중에는 한국어 교실을 하는데, 80명 정도가 공부하고 있으며 주일에는 한국어 7~8명이 모여 주일예배를 드린다고 하셨다. 본인도 아내도 건강을 완전히 회복하셨고 지금은 너무 행복하다고 하시면서 자기는 선교를 꿈꿔 본 적도 없는데 선교사가 되게 한 것은 하나님의 강권적인 역사하심이 아닌가 생각하신다고 하셨다. 예배를 드리고 말씀에 감동한 일행 모두는 제법 많은 돈을 헌금하고 가지고 있던 컵라면도 수거해서 드렸다. 우리의 모습에 가이드가 감동하는 모습을 보면서 이번 여행에 하나님의 계획하심이 있었다는 생각을 하니 기분이 좋았다.

### 이야기 셋, 비운의 덕혜옹주

조선 왕조의 마지막 왕인 고종의 딸, 덕혜옹주는 어린 나이에 역사의 소용돌이 속에 휘말려 일본 대마도의 성주 아들과 정략결혼을 하게 된다. 초기에는 남편의 사랑을 받았지만, 바다 건너 사는 고향과 부모님을 그리다가 우울증세를 앓게 되고, 급기야 남편이 다른 여자를 사랑하게 되면서 결국 정신병자가 된다. 대마도 성주의 아들은 덕혜옹주를 정신병원에 가두게 되고 먼 훗날 한국 정부에서 찾아오기까지 슬픈 생을 살게 된다. 어쩌면 이 모든 일이 힘이 없는 나라의 비운이 아닐는지 싶다.

### 이야기 넷

배 시간이 남아 자유시간을 너무 많이 준 것이 탈이었다. 아무것도 안 산다고 다짐을 하더니 면세점에 들어선 일행은 물건 사기를 경쟁이라도 하듯이 뭘 그렇게 많이들 샀는지. 절대 아무것도 사 오지 말라는 아내 말은 내가 가장 잘 들어(사 가면 혼날 테니까). 아무것도 안 산 사람은 나를 비롯해서 달랑 두 사람. 자유시간이 끝나고 정해진 시간에 선착장으로 가기 위해 숙소로 오라고 했지만 모 권사님이 다른 여행객을 따라 미리 가서서 "아내 잃은 남편은 누군가?" 대합실에서 아내를 만나 남편 왈, "좋다 말았데이."

## 이야기 다섯, 돌고래와 한판

　우리를 태운 배 '코비'는 올 때와는 달리 대마도 남쪽 이즈하라항에서 출항하기 때문에 올 때보다 시간이 배가 더 걸린다고 한다. 오후 4시 30분에 출항한 배는 잔잔한 파도를 가르면서 항구를 빠져나왔다. 바다로 나올수록 파도가 심해지면서 배도 속력을 내 부양하기 시작했다. 역시 나는 창가에 앉아 수평선을 응시하면서 파도를 타고 가는 배를 즐기고 있었다. 그런데 갑자기 갈매기 떼들이 몰려오면서 신나게 달리던 배가 쿵, 쿵! 두 번의 굉음을 냈고, 높이 떴다가 떨어졌다가를 반복하여 여기저기서 사람들의 비명이 들렸다. 직원들은 분주하게 움직이며 안전띠를 매라고 안내를 했다. 난 직감적으로 배가 암초에 부딪힌 것이라는 생각을 했고, 배가 파손되면 배에 구멍이 날 것이고 구멍으로 들어온 물 때문에 침몰할 가능성이 있지만 여기는 섬과 가까우니 누군가가 우리를 구조할 것이라는 소설을 쓰면서 그 상황을 즐기고 있었는지도 모른다. 선내 방송은 이물질이 배에 끼어서 곧 제거할 테니 안심하라는 내용이었다. 역시 배는 심하게 흔들렸고 여기저기서 승객들의 아우성과 곳곳에서 멀미로 토하는 소리가 들리고 나도 얼굴에 열이 오르기 시작했다. 옆자리에 앉은 장로님도 얼굴이 붉게 달아오르고 있었고, 근처의 소망교회 권사님은 멀미 때문에 얼굴을 의자에 파묻고 계셨다. 그때 선장의 음성이 다시 한번 방송을 탔다. 선박이 밍크고래와 충돌하였는데 고래의 내장이 배를 움직이는 엔진에 걸려 해체 작업을 해야 한다고 말이다. 선장은 작업을 위해서는 파도가 약한 곳까지 가야 하니 그때까지만 기다려 달라고 양해를 구했다. 난 그제야 '배에 구멍이 났다는 내 판단이 틀렸구나.' 싶었고 이 배에 주의 종들이 탔는데 설마 무슨 일이야 있겠나 하며 호기를 부려 보았다. 그 일로 해서 배는 원래 도착하기로 한 시간보다 30분가량 연착했지만, 다시 한번 일 년 전 잠깐이나마 세월호의 아픔을 회상하는 계기가 되었다.

**여행을 마치면서**

어쩌면 우리는 여행자인지도 모릅니다. 영원한 본향, 천국에 들어가는 그 날까지 말입니다. 이번 대마도 여행길에 함께해 주신 하나님께 감사드리고, 한 사랑이라는 이름으로 여행길을 열어 주신 이○형 회장님, 특히 회원들의 편의를 위해 많은 수고와 희생을 아끼지 않으신 총무 조○제 장로님께 깊은 감사를 드립니다. 그리고 여행에 길동무가 되어 주신 24명 모두에게 감사를 드리고 사랑합니다. 그리고 축복합니다. 모든 영광 하나님께 올려드립니다.

15.05.

길하나 조길원 드림

2015년 11월 30일

피차 사랑의 빚 외에는 아무에게든지 아무 빚도 지지 말라 남을 사랑하는 자는 율법을 다 이루었느니라(로마서 13:8).
11월의 마지막 날이네요. 한 주간의 시작과 12월의 시작을 주님과 함께하시길 기도드립니다. ^^

2016년 01월 05일

많은 날 속에 또 한날
우린 새해라고 하는데
그날 땜에 한 살 더하고
그날 땜에 늙어가나?

# 🕊 사랑하는 아들 조동영 원장에게

의사가 되어 고맙고 감사하다. 여느 부모들처럼 공부하는 데 충분한 뒷받침을 못 해주어 미안하고 죄송하다. 살아가야 할 새해에도 빚진 마음으로 살아가려고 한다. 하나님께, 아내에게, 자녀들에게 의사를 하면서 매일 아픈 사람들을 만나고 병원을 경영하면서 받는 스트레스를 받을 너를 생각하면 늘 불쌍하고 마음이 찡하다. 그러나 반면 네가 우리 부모의 자랑이 되었다는 것을 생각하면 네가 늘 고마운 마음이다.

모태신앙인 네가 예수님을 만나 부모님의 하나님이 아니고 너의 하나님이 되고 세상 잡기로 스트레스를 풀지 않고 믿음으로 사는 그날이 아버지가 어머니가 죽어야 그날이 오려나 둘이 너를 걱정하면서 얘기했다. 성령의 능력으로 건강에 좋지 않은 담배도 끊고, 세상오락이 싫어지는 그날이 오기를 우린 계속 기도할 거야. 이것이 축복의 길이기에 자식을 사랑하는 부모의 마음이야.

이름대로 "예인의원(예수님 인도하는 병원)", 예인이, 예원이 그리고 민서. 사회에 선한 영향력을 믿음의 가문이 꼭 되어야 한다. 형아를 목사로 만든 것도 또 춘천으로 보낸 것도 너를 위한 하나님의 사랑이라는 것을 믿어 의심치 않는다. 어렵겠지만 한 달에 한 번만이라도 애들 데리고 형 교회에 가도록 노력해 봐. 선교 여행비 주어 감사하고, 라오스로 20일 출국해서 28일 귀국할 거야. 아비 건강을 위해 기도해다오.

16.01.20.
라오스로 선교를 떠나며

선교지에는 순교의 피가 흘려야 한다고 합니다. 제가 어제 피를 찍끔, 아주 찍끔 흘렸습니다. 어젯밤에 면도하다 베였든요. 조장님이 치료해 주었습니다. ㅎㅎㅎ

환상인지 꿈인지 개꿈은 자고 나면 생각나지 않는데, 아침에 일어나도 현실처럼 생생히 생각이 납니다. ^^

꿈 하나, 일행들과 함께 길을 가는데 길 옆의 깊은 개울에 물이 흐르고 있었다. 혹시 고기가 없나 해서 들여다보았더니 고기 떼가 무리 지어 다니고 있었다.

꿈 둘, 길을 따라 많은 양 떼가 가고 있었는데 양을 인도하는 목동은 보이지 않았다.

꿈 셋, 우리 일행을 태운 버스가 골목길로 들어서니 교회 네온사인이 보였다. 멀지 않은 곳에 주차할 공간이 있는데도 앞차를 따라가더니 차는 길이 비좁아 오도 가도 못 하고. ^^

한방에 자던 임 선생 왈, 내가 슬피 울더라는 것이다. 난 전혀 운 기억이 안 난다. 지금은 하늘나라에 먼저 가신 하○조 목사님의 생전의 음성으로 들려지는 건 어인 일인가???

또 한 길 지나왔습니다. 사람 냄새가 나는 순박한 땅이었습니다. 도와주심에 감사드리며 선교라는 이름으로 서툴게 뿌려 놓은 씨앗이 구원이라는 이름으로 싹이 나서 성령의 열매로 수확이 있기를 기도합니다. 진심으로 감사합니다. 그리고 축복합니다♡

후딱 한 달이 지나고 2월입니다. 정신없이 보낸 한 달이었습니다. 선교를 준비하고 라오스에 가서 준비된 영혼들을 만났습니다. 하나님의 일하심을 느끼고 보았습니다. 지금까지 온 길이 내가 원해서 오지 않았듯이 2월도 주님이 인도하실 것입니다♡

나의 하나님! 물 위에 글 쓰듯 길 위에 발자국 남기듯 내 남은 인생길 뒤 알까마는 머리털 하나라도 다 세시는 나의 하나님, 당신은 다 아십니다. 내가 당신이 좋아서 쫓아가면 당신은 날 덥석 안아 주시고 내가 당신이 부담스러워 도망을 쳐도, 가깝지도 않고 멀지도 않는 거리에서 언제나 돌아서기를 기다리고 계십니다. 그리고 당신은 말씀하십니다. 세상 끝날까지 항상 함께하신다고. 나의 하나님, 당신은 나의 아바 아버지이십니다, 아멘.

오늘 사위가 포스텍에서 3년 반 만에 공학 박사가 되었다. 졸업하는 박사 학사를 비롯하여 대학생 그들을 축복하기 위해서 오신 학부형들로 지곡 체육관은 넘쳤다. 사위를 비롯한 졸업생들 진심으로 학위 수여를 축복한다. 그리고 기대한다. 오늘이 있기까지 저들이 겪은 고뇌와 땀, 젊음에 정이 사회 곳곳에 스며들어 국가와 민족 번영의 길이 될 줄로 믿어 의심치 않는다. 세상 속으로 나아가는 저들의 앞길의 무궁한 발전이 있으라. 저들의 심장 뛰는 소리가 들린다. 울 사위 정 박사 애썼다. 내일은 네 거다. 지금까지

인도해 주신

에벤에셀의 하나님께서 앞으로도 언제 어디서나 항상 함께하실 것이다.

정 박사 파이팅! 만세 만만세. ^^

2016년 02월 24일

교회 가기 위해 나왔더니 눈이 펑펑. 머리 위에, 옷 위에 희게 덮어 가니 기분이 참 좋다. 애가 되어 가나 보다♡

2016년 02월 26일

내 이름은 길하나

하늘이 주신 이 길을

손잡고 걷고 싶은 사람아


우리가 아름다우면

세상은 모두 아름답고♡

愛馬(애마)

십 년이나 타고 다니던 자동차를 팔았다. 성도들의 수송을 위해, 타고 다니던 차를 주고 30개월 할부로 산 12인승 봉고다. 교인들을 태우고 서울까지 가기도 하고, 눈길을 가다가 미끄러지기도 했으며, 가깝고 먼 길 나와 함께했던 분신이었다. 때론 사고로 애타기도 했고 벌칙 딱지 날아올까 걱정도 했지만 팔고 버스를 타고 집에 오는데 섭섭한 마음 금할 길 없다. 사위가 타던 더 좋은 차를 타게 됐지만, 이제는 나이가 나이인 만큼 내 곁에 있던 것들을 하나씩 떠나보내는 연습을 해야 할 것만 같다^^^^^♡

포항에서 기차를 타고, 서울역에서 전철을 타고 과천로뎀교회까지 비행기를 타고 베트남을 거쳐 라오스까지….
어쩜 우리 인생이 길에서 보내는 시간이, 깨어 있는 시간의 절반은 되지 않을까 생각해 본다.
여행 중에 사람을 만나고 일을 만나고 기대 반, 우려 반으로 간 선교 길에서 이번에 많은 것을 얻었다. 또 기회가 주어진다면 이 길을 또 갈 수 있기를!

신 장로님이 103살에 하나님의 부르심을 받았다. 매일 기도 회원들과 하관예배에 참석했다. 대명 공원엔 수많은 무덤이 헤아릴 수 없을 정도로 많다. 수목장하는 사람들이 늘어나는 추세라고 하지만, 좁은 땅이 죽은 사람에 무덤으로 점점 덮인다면 생각만 해도 가슴이 답답해진다. 내 생명도 끝나면 영혼은 훨훨 날아 하늘나라로 올라갈 텐데 흔적을 남기려는 유족들 마음은 세상 욕심에 일부분이 아닐는지요?

하나님 아버지 이 애비를 불쌍히 여겨 주시옵소서. 제가 죄인 중에 괴수입니다. 교만했고 자식들을 다 품지 못했습니다. 저 아들을 일으켜 주십시오. 가족이 있고 교인들이 있습니다. 사랑하는 목사님을 아는 모든 교우가 중보기도를 드리고 있습니다. 주여, 기적을 베풀어 주십시오. 울부짖는 기도의 소리를 들으시옵소서. 사람이 어찌할 수 없습니다. 의사의 담당 의료팀에게 지혜를 주시옵소서.

주여, 주님만 바라봅니다. 강한 자와 약한 자 사이에서 우리를 도울 자, 주밖에 없습니다. 새로운 생기를 주십시오. 강단에 서게 해 주십시오. 우리의 생명의 주인 되신 우리 주 예수님의 이름으로 간절히 기도드립니다. 아멘, 아멘, 아멘.

오전 11시, 오후 7시, 하루 2번 면회를 위해 때론 답답하여 터질듯한 가슴으로 때론 기대 반, 두려움 반으로 시간을 기다리고 보낸다. 애비가 되어서 아무것도 해 줄 수 없다는 것이 무엇보다 안타깝다. 아들아, 이젠 일어나야지. 참 많은 사람이 너를 기다리고 있단다. 아직도 네가 이 땅에서 해야 할 일이 남아 있기 때문이야. 부활이, 4월이, 봄이 왔잖니. 이제 일어나자^^^^^
♡♡♡♡♡♡♡

기도해 주셔서 감사합니다. 우리 아들 목사님이 4월 6일 오전 10시 30분경 교인들의 찬송 소리를 들으면서 하나님의 부름을 받았습니다. 춘천 호반 장례식장에 안치하였습니다, 발인은 금요일 오전 중으로 할 것 같습니다.

조 등장 전장

내가 내일모레 대사서 언제나 가족하고 그러했다
가족과 맺어진 정은 우리 함께 여행하 했다……

모여 만나기 남은 가족들 함께 나눠 들어가거라

가족은 이한것이 힘들때까 만 사이이 가나면 더 좋음속
나사랑과. 무엇보다 형과 차차 힘들때나 형의 여건을
존중해주고 형과 가깝게가자. 형이이 우형이)

형구고 형의 빈자리를 채워가도록 가족을 조용히 지켜보자
가족들의 몫일이라 생각한다 그금 전화해서

형수 (좋행하기) 구고 항수 <힘내> 라고 설명히
우리 가대에 부응하는 형과가족 되리라 믿는다

영수 잘살자. 떠나 에이이 태언이 행복하게
해주고 우리가족들 오늘은 슬프하지만 웃말갈
그날을 생각하면서 하이팅하자꾸나 !
내가 말한대 항충 좋은 가족에 웃으니까
가족들 항 서을 위하면서 살아가자

<가족 한충 동동 한다>
영수 인성 하나십의 함께가겠을 바라면서
2016, 4 도장에서 아버지가

비 온 뒤 공기가 맑아 답답하여 집 앞 놀이터에 나왔더니, 옆 초등학교 운동장에 아이들이 시끌벅적 하늘엔 만국기가 펄럭이고, 운동회를 하는 모양이다. 저 때가 좋았는데, 깊은 생각에 잠겨 본다. 산다는 게 뭘까?

아이들이 살 집에 와봤다. 춘천 동부아파트, 춘천호가 눈 밑에 보이고 멀지 않은 곳에 산이 눈에 들어오는 경치가 좋은 곳이다. 아이들이 언제까지 여기에 살까? 옛말하면서 살날이 빨리 와야 할 텐데. ^^^

사위가 싱가포르로 가기 위해 부산 집으로 갔다. 미운 정 고운 정 들었는데 2년 동안 헤어진다고 생각하니 섭섭하다. 가까우니 자주 온다고는 하지만 떨어짐의 섭섭함이 아련해진다. 사랑하는 아내와 아들을 두고 가는 본인 마음만 하겠는가? 이제는 하나둘 내 곁에 있던 것들을 떠나보내야 하나 보다.

현충일이 겹친 3일 연휴에 이들과 함께 중국 청도로 여행을 갔다. 태어나서 처음으로 아버지와 여행을 가자고 했다. 설레는 마음으로 떠난 길, 생전 처음으로 공항 귀빈실에서 식사도 해보고, 샤워도 하고, 안마도 해 보았다. 주일날은 아들 친구와 청양 한인 교회에 가서 예배도 드렸다. 약 400여 명이 되는 듯했다. 점심은 한인 식당에 가서 싱싱한 회를 남길 정도로 실컷 먹었다. 오후에는 가이드의 승용차로 국립공원인 바위산인 노산을 갔다. 청도에서 공원 주차장에서 한 시간 넘게 가고 주차장에서 공원 버스로 바닷길을 한 시간가량 가서 조금 걸어 케이블카를 타고 7부 능선까지 갔다. 바위산에서 바다가 내려다보이는 경치는 경이로움 그 자체다.

숙박은 어제저녁과 같이 아들 친구 집 내실에 내가 자고 주인과 아들은 현관에서 잤다. 마지막 날은 친구는 일찍 출근하고 우린 주인 없는 집에 조금 늦게 부자가 일어나 친구가 의사로 근무하는 병원 근처 있는 청와대로 이름하는 목욕탕에 갔다. 시설이 좋았다. 아들의 강요로 때밀이도 받았다. 생전 처음인 것 같다. 그것도 외국에서 말이다. 시간이 있어 친구가 있는 병원에 가서 짬을 내어 기념 사진도 찍었다. 청도 공항으로 와서 귀빈실에서 간단한 식사를 하고 2시가 넘어서 이륙하여 오후 3시가 되어서야 인천 공항에 도착했다. 아들이 리무진 차표를 끊어 주어 저녁 10시가 되어서야 집이 있는 포항에 도착했다. 비가 내리고 있었다. 역시 집이 좋은걸. ^^^

한영이가 어린이집 혼자 가겠다 한다. 처음이라 가방 들고 따라갔지만 생각하는 마음이 벌써 다 큰 것 같다!?♡

한영이랑 놀이터에 왔다. 엄마는 김밥 사러 갔다. 날씨는 더운데도 그늘에 바람은 시원하다. 정 박사가 있는 싱가포르에도 그늘 날씨가 이 정도면 견딜 만할 텐데!?

포도가 알알이 익어가는 7월 첫 주말이다. 어제 오후에는 소낙비가 내렸고 지금도 순하게 비가 오는 모양이다. 가물었던 차라 곡식의 반가운 비다. 더웠던 대지도 식히고 이렇게 여름도 쉬어갔으면 좋으련만. ^^^

예배를 마치고 오는 길에 딸에게 연락했더니 롯데백화점 7층으로 오란다. 주차장에 들어가려는 차들이 너무 많아 큰길가에 차를 세워 두고 7층에 왔다. 어린이실에 한영이를 맡겨 놓고 엄마와 쇼핑한다더니 한 시간이 넘도록 오지 않는다. 오늘도 딸에게 폭삭 속았수다. ^^^

2016년 07월 06일

어제는 지진이 나고 국지성 호우로 북한강 댐의 방류로 국민이 불안해하고 있다. 우리가 사는 세상이 걱정 없는 태평한 날이 언제 있었던가?

2016년 07월 20일

청산은 날 보고 말없이 살라 하네! 창공은 날 보고 티 없이 살라 하네! 탐욕도 벗어 놓고 성냄도 벗어 놓고 물같이 바람같이 살다가 오라 하네!

2016년 09월 10일

며칠째 마누라가 내 얼굴에 빛이 난다고 한다. 기분 좋은 소리다. 천국 가는 길이 가까울수록 세상 욕심 하나 싹 내려놓고 얼굴에 광채까지 난다니 세상 떠나갈 때가 되었는가??? 좋으련만!!!?

2016년 11월 03일

바닷가에 나와 하늘 보고 누웠더니 푸른 하늘 사이로 구름이 간다. 세월에 실려 나도 가고 있는 건가??

바람이 분다. 나뭇잎이 가랑잎으로 바람 따라 여행 간다. 만추를 싣고 겨울을 부른다♡

비가 오네. 겨울을 깨우는 봄비가 오네. 얼음을 녹여 물이 되게 하고 잠자던 개구리도 깨우네. 죽은 것 같던 나무들도 소스라쳐 놀라 앞다투어 봄의 편지를 쓰네♡♡♡

2016년 12월 19일

친구가 은퇴식을 무사히 마쳤다. 거의 일평생을 목회자로 봉사하면서 살았는데 이젠 또한 길을 가게 된다. 무거운 십자가 내려놓고 가벼운 마음으로 아름다운 노을이 지는 언덕이 되었으면 한다. 나 또한 좋은 길동무가 되어야지! ♡

2016년 12월 26일

한해의 마지막 주간이다. 또 하나의 짐을 벗으려 한다.

친구가 새로운 집으로 이사를 한다. 26년간 살면서 미운 정 고운 정 다 들었을 텐데 얼마나 서운할까? 성도들 때문에 흘린 눈물들, 성도들 때문에 누린 기쁨 이젠 세월 속에 묻어야 한다. 이삿날을 축하하듯 겨울날답지 않게 너무 쾌청하고 좋다. 개선장군처럼 말년이 푸른 노을이었으면 좋겠다. 나 역시 좋은 길동무가 되길 소망해 본다!!!! ♡♡

보내는 시간을 소중히 여기겠습니다. 오는 시간에 아름다운 동행을 기원해 봅니다. 2016~2017 길목에서 길 드림♡

고마워. 오늘 나의 존재 가치는 너희 자녀들이야. 늘 살아 있음에 기쁨을 주어서 고맙다. 나의 사랑하는 딸 한나야, 나를 닮아 주어서 감사하다♡

오늘이 내가 태어난 지 73년이 되는 생일날이란다. 내게 그날이 그날인데 아내는 부담스럽게 챙긴다. 몇 년을 극성스럽게 더 챙길지는 모르지만 난 길 위에 발자국 남기듯 물 위에 글 쓰듯 조용히 지나갔으면 한다. ^^^^^^

사랑하는 며느리에게. /

맏서가 온 며느리가 되어 주어서 고맙다
신랑이 性質이 좋아도 이해 해주고
여건이와 애린이 잘 키우고 가정을
잘 이끌어주어 참고맙다
네 몸도 성치 않는데 먼길 외주어
감사하다. 친정 식구들 특히 동생
까지 여러가지로 고생시켜 미안하다
우리 창훈이 너희들에게 걱정거리가
되지 않도록 노력하고 했는데 건강
까지 주욱받게 되어 미안하다
여우 건강 챙기며 열심히 살게요
고맙게 한나가 예린이 애린이

주라고 돈을 주비 맛있는것 꼭 모가
준다고 사주거라
그리고 철 없는 신랑 이해하고 사랑해
주거라 선실은 착한 사람이니까?
그리고 아이들 공부도 重要 하지만
신앙이 뿌리내릴수 있도록 교회를
꼭 보내고 너도 몸이 좋아지면
계속 함께 주일날은 꼭 교회 가서
한 민들의 어머니가 되거라
한나도 조켔어 신랑따라 聖經
가고 우릴 떠나 간다녀 인생은떠나
는 것인데 우리도 받어 떠나야 될텐데
손에 힘이 없어 글씨도 마음되로 안된다

친구가 은퇴 후 살 집에 입택예배를 드렸다. 걱정하더니 딸이 거처를 마련해 주었다. 에벤에셀의 하나님이심을 믿으니까! 모든 영광 하나님께 올려드린다♡

마눌 님이 병원에 입원했다. 무릎을 인공관절로 바꾸기 위한 시술이다. 엄청 겁이 나는 모양이다. 수술 잘 받아서 잘 걷고 여행도 함께 다녔으면 한다. 여보, 미안해. 너무 많이 걷게 해서. 다 나은 후 함께 다니면서 늘 푸른 언덕이 되게 재미있게 노년을 살아봅시다. 마눌 님, 사랑해요♡

집사람 병원에 입원해 있는 동안 기도와 관심 가져 주심을 감사드리며 은혜 속에 퇴원하게 됨을 감사드립니다. 조길원 드림♡

오늘도 우리 모두 영육강건! 사랑하는 자여, 네 영혼이 잘됨같이 범사가 잘 되고. ^^^^^^♡

2018년 11월 24일

하루가 시작 오늘도 건강하게 살아야지. 요사이 엄마가 얼마나 잘하는지 몰라. 아내가 없인 하루도 못 살 것 같아.

2018년 12월 14일

다 지나감이라, 남보다 더 가지고 있는 것 감상하면서 살다 보면 더 좋은 일이 있다. 그것이 인생♡♡♡

2019년 01월 05일

딸 집 창원에 갔다가 오면서 걸린 감기몸살이 일주일이 되었는데 이제는 병으로부터 해방해야지!♡?

2019년 01월 06일

2019년 1월 6일 주일   일상의 축복♡

2019년 01월 15일

바닷가에 나왔다. 울릉도에 가는 뱃고동이 멀리서 들리고 갈매기 흰 놈 검은 놈 춥지도 않은지 파도 위를 난다….

마눌님: 지금까지 같이 살아줘서 좋아요. 점점 건강해져서 풍기도 가고 해요. 그날 생각하면서 부지런히 운동도 하고 바람도 쐬고 해요. 참 똑똑했는데 하늘나라 갈 준비 잘 해요. 길원 씨, 사랑합니다. 반찬 못 해 미안해요. 이 밤도 굿나잇.

감사하고 고맙고 당신 덕분에 오늘의 내가 있습니다. 우리 서로 의지하면서 감사하면서 우리에게 남은 날 의지하면서 살아갑시다. 여보, 사랑해요♡

그래 울 아들 조 박사, 언제나 아빠는 너를 자랑스럽게 생각한다♡
마눌 숙제 다 마쳤다. 내 숙제는 마누라가 하고 있을까?♡
딸의 성화를 못 이겨 이빨을 했더니 예쁘다♡

우리 한영이가 아프단다. 엄마는 학교 아빠는 직장에 한영 아픈데도 어린이집에 갔다고 할머니 걱정이 태산이다. 저 엄마 아빠가 있는데 자식 키우면서 염려하고 걱정하는 것은 당연한 부모의 몫일 것이다. ^^

<br>

2019년 03월 27일

자식을 키우다 보면 별일을 다 겪게 되지만 또한 그렇게 커가는 과정이라는 것을 생각하면서 속상해하지 않았으면 한다. 그럴 수도 있지 하면서 말이다. 바람이 분다. 미세먼지도 섞어서 날아오겠지. 벚꽃잎이 바람에 거리에 뒹군다. 내게도 빨리 봄바람이 불어왔으면 한다.

2019년 12월 29일

한나 같은 딸이 내겐 큰 보람이요 희망입니다. 감사합니다. 내 딸로 태어나줘서.

2019년 01월 06일

동생 목사님이 진주 먼 길에서 와 형님인 내가 답답하다고 고향 가자고 하는데 당일로 다녀오려고 한다. 아내도 같이 가겠다고 한다. 자식보다 형제가 더 나은 것 같다-♡

2019년 01월 10일

우리 형제 7남매가 예천 누나 집에 다 모였다♡ 성 밑에 사시는 막내 고모 집에도 가보고 까막수리 옛날 살던 집도 가보았다. 우리가 살던 집은 사람이 살지 않고 비워져 있었다. 그때는 크게 느껴졌는데 지금은 내가 컸는지 형편없이 작다. "모도야! 내 죽는 꼴 볼래!" 쥐 잡으려고 하다가 바람 때문

에 과수원 집 나락 까래에 불 질러놓고 도망치는 나를 어머니가 부르시는
소리가 고향을 찾아온 내 귓전을 때린다!^^^♡

---

**2019년 01월 13일**

모사재인 성사제천
잠언 16:9 잠언 16:1
세상만사에 사람이 최선을 다한 다음 하늘의 뜻 내일을 기다린다라는 말
입니다.
지자막역복자 모사제인 성사제천~
사람이 최선을 다하고 하늘의 뜻을 기다리는 우리의 기도가 되어야 하는
것이다.

---

**2019년 01월 26일**

봄날 마냥 바다 갈매기는 춥지도 않은가 봐….

---

**2019년 01월 27일**

교회란 무엇인가? 이 땅에 오신 주님의 뜻을 이루는 곳으로, 세상살이의
상처받은 몸과 마음을 치료하는 야전병원과 같은 곳이 되어야 한다. 갈릴
리처럼. 마 11:27-30의 말씀이 오늘날 교회 존재 가치의 본질이 되어야
할 것이다♡

앞 겨울 바다의 갈매기 떼가

춥지도 않은지

맨발로 모래 위를

겨울 바다 모래를

걸어 다닌다.

2019년 02월 11일

손자 성현이와 수현이가 춘천에서 왔다. 할머니와 어시장 갔다. 우리집에 있는 동안 편하게 해 주어야 할 텐데!♡

2019년 04월 09일

집 앞에 있는 바닷가에 운동하러 나왔더니 바람이 분다. 좀 걷다가 들어가야지??!! 저녁에는 비가 온다고 한다. 비가 오면 산불도 멎겠지. 소망해 본다.

2019년 05월 05일

사랑하는 아내에게

나이가 들수록 같이 살고 있는 아내에 대한 고마움과 미안함이 새록새록 싹튼다. 행복하게 해 줄 거라고 큰소리치고 데려왔건만 걱정과 염려만 하게 했으니 지금 생각해 보니 모든 게 내 탓이로소이다. 미안할 뿐이다. 늙고 병이 들면 자식도 돈도 지식도 소용없고 심지어 돈 많은 자식보다 아내가 더 소중하다는 친구의 말이 실감 난다♡

2019년 05월 29일

여보, 미안해. 당신이 내게 잘해 주는 것 알고 있어. 자신이 속이 상해서 당신을 슬프게 했나 봐. 미안해!

2019년 06월 22일

친구가 오늘 아침에 갔다. 다 가는 길이건만 소식을 들으니 섭섭하다. 나보다 나이도 어린데 가는 길엔 순사도 없는 모양이다.

2019년 07월 25일

꿈만 같은 하루였다. 동생 목사님이 진주에서 와서 몸이 아픈 나를 케어하기 위해서다. 고마울 뿐이다.

2019년 08월 28일

여름은 가고 더위도 가고. 코스모스가 피는 가을이 성큼 다가왔어요♡

2019년 10월 21일

야곱의 축복 창세기 49장 22절
울 선이 샘물가에 있는 물된 동산이라.

2019년 10월 31일

항상 기뻐하라. 쉬지 말고 기도하라. 범사에 감사하라. 이는 우리 한선이를 향한 하나님의 뜻.

2019년 10월 23일

생일 축하합니다. 결혼기념일도 함께요. 마음은 있지만 몸은 따라주지 않고 건강할 때 많이 해 줄걸. 여보 내 곁엔 당신밖에는 없어요. 사랑해요♡

2019년 12월 02일

오늘 병원 갔다가 왔어. 이제 많이 좋아졌어. 엄마가 좋은 약도 사주고 음식도 해 주고.

2019년 12월 30일

정 박사님 축하해요. 한동대 교수가 된다는 것이 하나님의 은혜요 가문의 영광입니다.

2020년 10월 05일

어제 예원이 생일 축하해요. 건강하게 자라줘서 고맙다. 앞으로 더 크게 자라 훌륭한 인물 되어라.

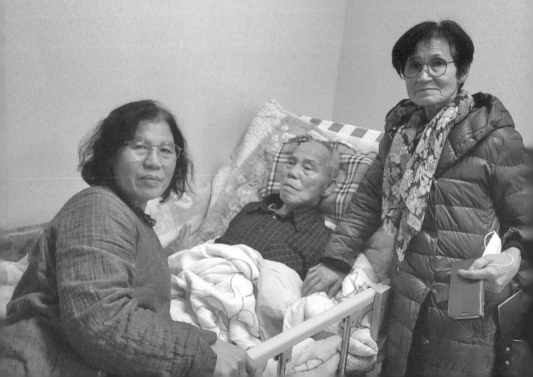

## 🕊️ 평생 사랑을 준 당신에게

　여보, 참, 모든 부부가 부르는 호칭인데 우리는 한 번도 그렇지 불러 보지 못했네. 왜 그랬을까. 영이 아빠, 말 한마디 남겨 주지 않고 그렇게 떠나서 나에게는 큰 아쉬움이었네요. 보면 황 권사, 사랑해, 미안해, 고마워 그 말밖에는 하지 않고…….

　옆에 계실 때 내가 힘들어도 그것이 행복했던 것 같아요. 많이 보고 싶어요. 당신이 떠난 후 눈물 많이 흘리고 쉽게 잠들지 못한 날들이 이어졌어요. 당신은 하늘나라에서 하나님, 예수님, 당신 엄마, 또 아들 모두 만나 편히 잘 지내고 있을 텐데 나 혼자 그리워하는 것 같아요.

　전도서 11장 1절 "너는 내 식물을 물 위에 던지라 여러 날 후에 도로 찾으리라." 하는 말씀을 묵상하며 가난한 자를 돌아볼 줄 아는 자가 될게요. 또, 여호와를 앙망하는 자는 복을 얻는다는 말씀을 되시기며 믿음에 굳게 서서, 당신이 계시는 그 나라 갈 때까지 우리 아이들 잘 돌아보며 지내고 있을게요. 우리 아이들을 위해 기도해 주세요. 이 땅에서 정말 많이 사랑해 줘서 정말 감사했어요.

　대욱이 아빠, 아니 여보, 이제 편히 쉬어요.


2021.09.
당신이 떠난 후 당신을 그리워하는 아내 올림

## 🕊️ 사랑이었던 아빠에게

아빠, 아직은 편지 쓰는 게 힘들어. 오래 울고 있을 순 없으니, 난 짧게 쓸 거야.

세상에 아빠 같은 아빠가 어디 또 있을까. 내 부탁에 한 번도 싫다고 한 적이 없었던 아빠, 길게 말하지 않아도 내 마음을 다 아는 것 같았던 아빠. 아빠와 난 사람들이 말하는 소울메이트였는지도 몰라. 아빠는 내게 그냥 사랑의 상징 같은 거였어. 그래서 하나님을 아버지라고 부를 때, 그 사랑을 생각할 때 제일 먼저 떠올리게 되는 건 아빠의 사랑이었어.

아빠가 돌아가신 후 아빠와 남긴 카톡을 보고 참 많이 울었다. 아빠는 잘 안 눌러지는 손가락으로 내게 열심히 메시지를 남겼는데, 난 단답형의 답장만 보냈더라. 아빠가 나를 통해 세상과 소통하고 싶어 했다는 거 알아. 점점 마음대로 움직이지 않는 손, 다리… 자유롭게 온 세상을 여행하고 싶어 했던 아빠의 마음을 누구보다 내가 알지. 그래서 그 한계를 깨달았을 아빠의 심정을 생각하면 지금도 가슴이 저려. 나 나름대로 한다고 했는데 아빠, 많이 서운했지? 미안해. 아빠가 준 사랑의 백 분의 일, 천 분의 일도 갚지 못해서.

몇 번 아빠가 다시 살아 돌아오는 꿈을 꾼 적이 있어. 그러면 나는 꿈속에서 아빠를 붙잡고 "아빠 사랑해."를 계속해서 외쳐. 꿈에서 깨어나면 내 옆에 아빠는 없고 이쁜 천사 두 명이 자고 있어. 아빠, 천국에서도 들리지, 내 외침이?

아빠가 내게 준 사랑, 나도 내 아이들에게 나누어 줄게. 그리고 아빠가 보고 싶었던 더 넓은 세상, 더 많은 사람, 더 깊은 이야기 내 속에 잘 담아 둘게. 그렇게 아빠에게서 나에게로, 다시 내 아이들에게로 생명이 흘러가길 바라. 그것이 아빠가 원하는 것이라고 믿어.

사랑하는 아빠, 여전히 아빠를 사랑해. 그리고 내게 준 사랑에 감사해. 이제 아빠가 하려던 일과 같은 일, 내 몫의 십자가 지고 예수를 쫓는 일 하며 아빠 없는 세상을 열심히 살아가 볼게. 아빠, 사랑해.

# 🕊 그리운 당신에게

영이 아빠! 벌써 당신이 떠난 지가 9개월이 지났네요. 계절이 3개가 지났네요. 봄, 여름 가을….

늘 손잡고 잠잘 때 하나님 오늘 밤 잘 때 "우리를 같이 하늘나라로 데려가 주세요." 하고 기도했는데… 하나님은 당신을 더 사랑하셨나 봐요. 같이 소풍 나왔다가 먼저 집으로 불러 가시는 것 보면 괜히 심통이 나네요.

제가 당신한테 제일 잘못한 것은 맛난 반찬 못 해 드린 것, 그것이 두고두고 후회되네요. 지금 당신이 옆에 계시다면 요리 학원 다녀서 맛난 반찬 해 드릴 텐데요.

영이 아빠, 아니 여보. 우리 현석 목사님 만났나요? 할머니도 만나셨나요? 여기 모두 잘 있다고 전해 줘요. 한나 신랑이 좋은 대학교수가 되었고, 동영이 큰 건물 사고, 성현이 잘 자라서 군에 갔다고.

우리 머지않아 만나요. 바닷가는 역시 모래성이 쌓여 있고요, 파도도 많이 쳐요.

커피 한 잔을 마시면서
당신을 그리워하는 황 권사가 드림

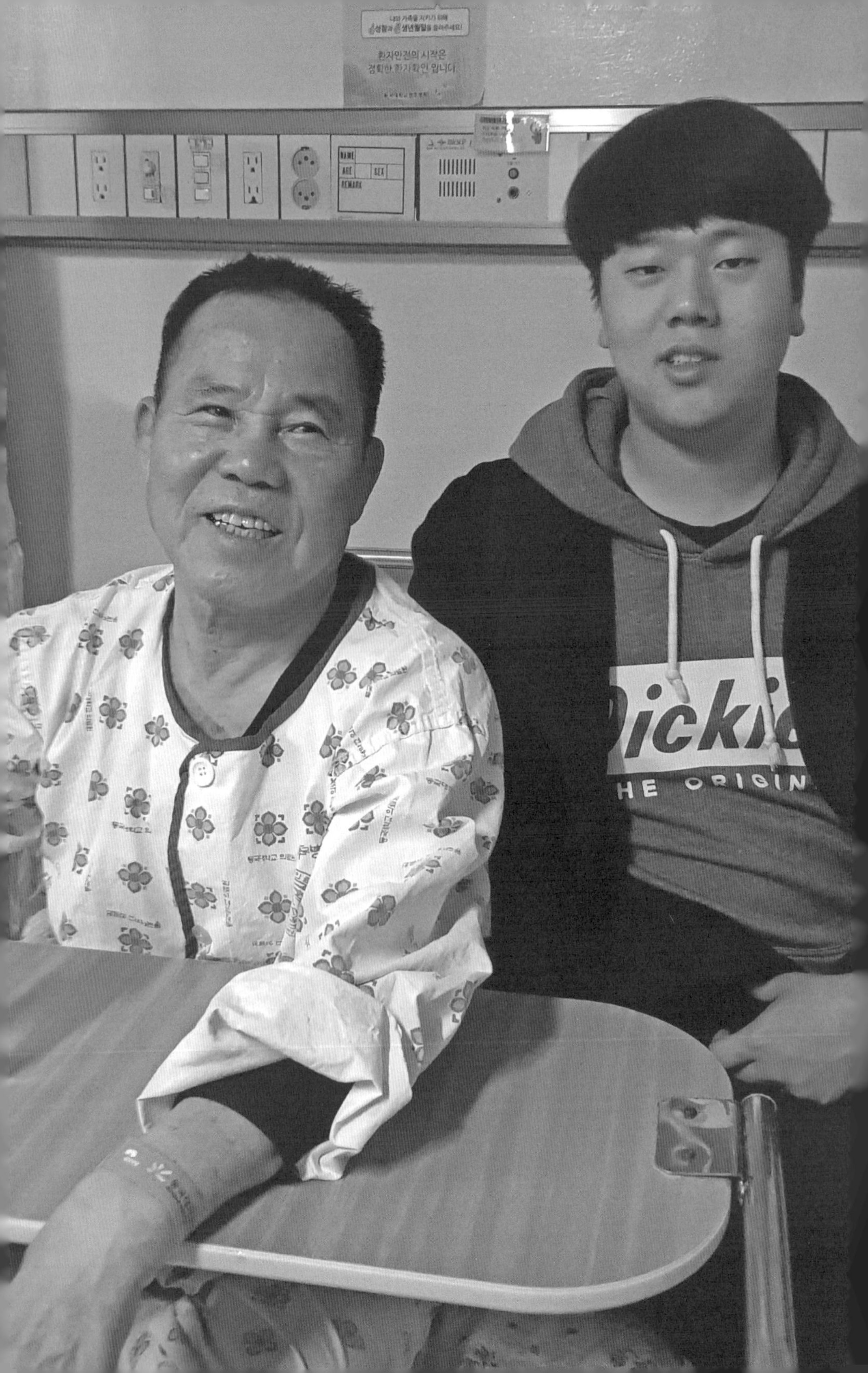
환자안전의 시작은
정확한 환자확인 입니다
NAME
AGE
SEX
REMARK

# 갈릴리 편지

**1판 1쇄 발행** 2022년 12월 30일

**글쓴이** 조길원
**출판사** 윈메이커 winmaker93@naver.com
**연락처** 010-5430-4298

**교정** 윤혜원   **편집** 김다인
**마케팅** 박가영   **총괄** 신선미

**펴낸곳** 하움출판사   **펴낸이** 문현광

**이메일** haum1000@naver.com   **홈페이지** haum.kr
**블로그** blog.naver.com/haum1000   **인스타그램** @haum1007

ISBN 979-11-6440-208-3(03810)

좋은 책을 만들겠습니다.
하움출판사는 독자 여러분의 의견에 항상 귀 기울이고 있습니다.